Cuentos sobrenaturales

Alfaguara es un sello editorial del Grupo Santillana
www.alfaguara.com.mx

Argentina
Av. Leandro N. Alem, 720
C 1001 AAP Buenos Aires
Tel. (54 114) 119 50 00
Fax (54 114) 912 74 40

Bolivia
Avda. Arce, 2333
La Paz
Tel. (591 2) 44 11 22
Fax (591 2) 44 22 08

Chile
Dr. Aníbal Ariztía, 1444
Providencia
Santiago de Chile
Tel. (56 2) 384 30 00
Fax (56 2) 384 30 60

Colombia
Calle 80, 10-23
Bogotá
Tel. (57 1) 635 12 00
Fax (57 1) 236 93 82

Costa Rica
La Uruca
Del Edificio de Aviación Civil 200 m al Oeste
San José de Costa Rica
Tel. (506) 220 42 42 y 220 47 70
Fax (506) 220 13 20

Ecuador
Avda. Eloy Alfaro, 33-3470 y Avda. 6 de
Diciembre
Quito
Tel. (593 2) 244 66 56 y 244 21 54
Fax (593 2) 244 87 91

El Salvador
Siemens, 51
Zona Industrial Santa Elena
Antiguo Cuscatlan - La Libertad
Tel. (503) 2 505 89 y 2 289 89 20
Fax (503) 2 278 60 66

España
Torrelaguna, 60
28043 Madrid
Tel. (34 91) 744 90 60
Fax (34 91) 744 92 24

Estados Unidos
2105 N.W. 86th Avenue
Doral, F.L. 33122
Tel. (1 305) 591 95 22 y 591 22 32
Fax (1 305) 591 91 45

Guatemala
7a Avda. 11-11
Zona 9
Guatemala C.A.
Tel. (502) 24 29 43 00
Fax (502) 24 29 43 43

Honduras
Colonia Tepeyac Contigua a Banco
Cuscatlan
Boulevard Juan Pablo, frente al Templo
Adventista 7o Día, Casa 1626
Tegucigalpa
Tel. (504) 239 98 84

México
Avda. Universidad, 767
Colonia del Valle
03100 México D.F.
Tel. (52 5) 554 20 75 30
Fax (52 5) 556 01 10 67

Panamá
Avda. Juan Pablo II, no15. Apartado Postal
863199, zona 7. Urbanización Industrial
La Locería - Ciudad de Panamá
Tel. (507) 260 09 45

Paraguay
Avda. Venezuela, 276,
entre Mariscal López y España
Asunción
Tel./fax (595 21) 213 294 y 214 983

Perú
Avda. Primavera 2160
Surco
Lima 33
Tel. (51 1) 313 4000
Fax. (51 1) 313 4001

Puerto Rico
Avda. Roosevelt, 1506
Guaynabo 00968
Puerto Rico
Tel. (1 787) 781 98 00
Fax (1 787) 782 61 49

República Dominicana
Juan Sánchez Ramírez, 9
Gazcue
Santo Domingo R.D.
Tel. (1809) 682 13 82 y 221 08 70
Fax (1809) 689 10 22

Uruguay
Constitución, 1889
11800 Montevideo
Tel. (598 2) 402 73 42 y 402 72 71
Fax (598 2) 401 51 86

Venezuela
Avda. Rómulo Gallegos
Edificio Zulia, 1o - Sector Monte Cristo
Boleita Norte
Caracas
Tel. (58 212) 235 30 33
Fax (58 212) 239 10 51

Carlos Fuentes

Cuentos
sobrenaturales

ALFAGUARA

© Carlos Fuentes, 2007
© De esta edición:
Santillana Ediciones Generales, S. A. de C. V., 2007
Av. Universidad 767, col. del Valle,
México, D. F., C. P. 03100, México.
Teléfono 5420 75 30
www.alfaguara.com.mx

Primera edición: septiembre de 2007

ISBN: 970-770-991-X
       978-970-770-991-1

Diseño:
Proyecto de Leonel Sagahón / La Máquina del Tiempo®
Cubierta:
Leonel Sagahón / La Máquina del Tiempo®

Impreso en México

Chac Mool

Hace poco tiempo, Filiberto murió ahogado en Acapulco. Sucedió en Semana Santa. Aunque despedido de su empleo en la Secretaría, Filiberto no pudo resistir la tentación burocrática de ir, como todos los años, a la pensión alemana, comer el choucrout endulzado por el sudor de la cocina tropical, bailar el sábado de gloria en La Quebrada, y sentirse "gente conocida" en el oscuro anonimato vespertino de la Playa de Hornos. Claro, sabíamos que en su juventud había nadado bien, pero ahora, a los cuarenta, y tan desmejorado como se le veía, ¡intentar salvar, y a medianoche, un trecho tan largo! Frau Müller no permitió que se velara —cliente tan antiguo— en la pensión; por el contrario, esa noche organizó un baile en la terracita sofocada, mientras Filiberto esperaba, muy pálido en su caja, a que saliera el camión matutino de la terminal, y pasó acompañado de huacales y fardos la primera noche de su nueva vida. Cuando llegué, temprano, a vigilar el embarque del féretro, Filiberto estaba bajo un túmulo de cocos; el chofer dijo que lo acomodáramos rápidamente en el toldo y lo cubriéramos de lonas, para que no se es-

pantaran los pasajeros, y a ver si no le habíamos echado la sal al viaje.

Salimos de Acapulco, todavía en la
brisa. Hasta Tierra Colorada nacieron el calor
y la luz. Con el desayuno de huevos y chorizo,
abrí el cartapacio de Filiberto, recogido el día
anterior, junto con sus otras pertenencias, en
la pensión de los Müller. Doscientos pesos.
Un periódico viejo; cachos de la lotería; el
pasaje de ida —¿sólo de ida?—, y el cuaderno
barato, de hojas cuadriculadas y tapas de papel
mármol.

Me aventuré a leerlo, a pesar de las cur-
vas, el hedor a vómito, y cierto sentimiento
natural de respeto a la vida privada de mi di-
funto amigo. Recordaría —sí, empezaba con
eso— nuestra cotidiana labor en la oficina;
quizá, sabría por qué fue declinando, olvidando sus deberes, por qué dictaba oficios sin
sentido, ni número, ni "Sufragio Efectivo".
Por qué, en fin, fue corrido, olvidada la pensión, sin respetar los escalafones.

"Hoy fui a arreglar lo de mi pensión. El licenciado, amabilísimo. Salí tan contento que
decidí gastar cinco pesos en un café. Es el
mismo al que íbamos de jóvenes y al que ahora
nunca concurro, porque me recuerda que a los
veinte años podía darme más lujos que a los
cuarenta. Entonces todos estábamos en un
mismo plano, hubiéramos rechazado con

energía cualquier opinión peyorativa hacia los compañeros —de hecho librábamos la batalla por aquellos a quienes en la casa discutían la baja extracción o falta de elegancia. Yo sabía que muchos (quizá los más humildes) llegarían muy alto, y aquí, en la escuela se iban a forjar las amistades duraderas en cuya compañía cursaríamos el mar bravío. No, no fue así. No hubo reglas. Muchos de los humildes quedaron allí, muchos llegaron más arriba de lo que pudimos pronosticar en aquellas fogosas, amables tertulias. Otros, que parecíamos prometerlo todo, quedamos a la mitad del camino, destripados en un examen extracurricular, aislados por una zanja invisible de los que triunfaron y de los que nada alcanzaron. En fin, hoy volví a sentarme en las sillas, modernizadas —también, como barricada de una invasión, la fuente de sodas— y pretendí leer expedientes. Vi a muchos, cambiados, amnésicos, retocados de luz neón, prósperos. Con el café que casi no reconocía, con la ciudad misma, habían ido cincelándose a ritmo distinto del mío. No, ya no me reconocían, o no me querían reconocer. A lo sumo —uno o dos— una mano gorda y rápida en el hombro. Adiós viejo, qué tal. Entre ellos y yo, mediaban los dieciocho agujeros del Country Club. Me disfracé en los expedientes. Desfilaron los años de las grandes ilusiones, de los pronósticos felices y también todas las omisiones que impidieron su realización. Sentí la angustia de

no poder meter los dedos en el pasado y pegar
los trozos de algún rompecabezas abandonado; pero el arcón de los juguetes se va olvidando, y al cabo, quién sabrá a dónde fueron
a dar los soldados de plomo, los cascos, las
espadas de madera. Los disfraces tan queridos,
no fueron más que eso. Y sin embargo había
habido constancia, disciplina, apego al deber.
¿No era suficiente, o sobraba? No dejaba, en
ocasiones, de asaltarme el recuerdo de Rilke.
La gran recompensa de la aventura de juventud debe ser la muerte; jóvenes, debemos
partir con todos nuestros secretos. Hoy, no
tendría que volver la vista a las ciudades de sal.
¿Cinco pesos? Dos de propina."

"Pepe, aparte de su pasión por el derecho mer-
cantil, gusta de teorizar. Me vio salir de Cate-
dral, y juntos nos encaminamos a Palacio. Él
es descreído, pero no le basta: en media cuadra
tuvo que fabricar una teoría. Que si no fuera
mexicano, no adoraría a Cristo, y —No, mira,
parece evidente. Llegan los españoles y te pro-
ponen adores a un Dios, muerto hecho un
coágulo, con el costado herido, clavado en una
cruz. Sacrificado. Ofrendado. ¿Qué cosa más
natural que aceptar un sentimiento tan cer-
cano a todo tu ceremonial, a toda tu vida?…
Figúrate, en cambio, que México hubiera sido
conquistado por budistas o mahometanos. No
es concebible que nuestros indios veneraran a

un individuo que murió de indigestión. Pero un Dios al que no le basta que se sacrifiquen por él, sino que incluso va a que le arranquen el corazón, ¡caramba, jaque mate a Huitzilopochtli! El cristianismo, en su sentido cálido, sangriento, de sacrificio y liturgia, se vuelve una prolongación natural y novedosa de la religión indígena. Los aspectos de caridad, amor y la otra mejilla, en cambio, son rechazados. Y todo en México es eso: hay que matar a los hombres para poder creer en ellos.

"Pepe conocía mi afición, desde joven, por ciertas formas del arte indígena mexicano. Yo colecciono estatuillas, ídolos, cacharros. Mis fines de semana los paso en Tlaxcala, o en Teotihuacán. Acaso por esto le guste relacionar todas las teorías que elabora para mi consumo con estos temas. Por cierto que busco una réplica razonable del Chac Mool desde hace tiempo, y hoy Pepe me informa de un lugar en la Lagunilla donde venden uno de piedra y parece que barato. Voy a ir el domingo.

"Un guasón pintó de rojo el agua del garrafón en la oficina, con la consiguiente perturbación de las labores. He debido consignarlo al director, a quien sólo le dio mucha risa. El culpable se ha valido de esta circunstancia para hacer sarcasmos a mis costillas el día entero, todos en torno al agua. Ch...!"

"Hoy, domingo, aproveché para ir a la Lagunilla. Encontré el Chac Mool en la tienducha que me señaló Pepe. Es una pieza preciosa, de tamaño natural, y aunque el marchante asegura su originalidad, lo dudo. La piedra es corriente, pero ello no aminora la elegancia de la postura o lo macizo del bloque. El desleal vendedor le ha embarrado salsa de tomate en la barriga para convencer a los turistas de la autenticidad sangrienta de la escultura.

"El traslado a la casa me costó más que la adquisición. Pero ya está aquí, por el momento en el sótano mientras reorganizo mi cuarto de trofeos a fin de darle cabida. Estas figuras necesitan sol, vertical y fogoso; ése fue su elemento y condición. Pierde mucho en la oscuridad del sótano, como simple bulto agónico, y su mueca parece reprocharme que le niegue la luz. El comerciante tenía un foco exactamente vertical a la escultura, que recortaba todas las aristas, y le daba una expresión más amable a mi Chac Mool. Habrá que seguir su ejemplo."

"Amanecí con la tubería descompuesta. Incauto, dejé correr el agua de la cocina, y se desbordó, corrió por el suelo y llegó hasta el sótano, sin que me percatara. El Chac Mool resiste la humedad, pero mis maletas sufrieron; y todo esto en día de labores, me ha obligado a llegar tarde a la oficina."

"Vinieron, por fin, a arreglar la tubería. Las maletas, torcidas. Y el Chac Mool, con lama en la base."

"Desperté a la una: había escuchado un quejido terrible. Pensé en ladrones. Pura imaginación."

"Los lamentos nocturnos han seguido. No sé a qué atribuirlos, pero estoy nervioso. Para colmo de males, la tubería volvió a descomponerse, y las lluvias se han colado, inundando el sótano."

"El plomero no viene, estoy desesperado. Del Departamento del Distrito Federal, más vale no hablar. Es la primera vez que el agua de las lluvias no obedece a las coladeras y viene a dar a mi sótano. Los quejidos han cesado: vaya una cosa por otra."

"Secaron el sótano, y el Chac Mool está cubierto de lama. Le da un aspecto grotesco, porque toda la masa de la escultura parece padecer de una erisipela verde, salvo los ojos, que han permanecido de piedra. Voy a aprovechar el domingo para raspar el musgo. Pepe me ha recomendado cambiarme a un apartamento, y en el último piso, para evitar estas tragedias acuáticas. Pero no puedo dejar este caserón, ciertamente muy grande para mí solo, un poco lúgubre en su arquitectura porfiriana, pero que es la única herencia y recuerdo de mis padres. No sé qué me daría ver una fuente de sodas con sinfonola en el sótano y una casa de decoración en la planta baja."

"Fui a raspar la lama del Chac Mool con una espátula. El musgo parecía ser ya parte de la piedra; fue labor de más de una hora, y sólo a las seis de la tarde pude terminar. No era posible distinguir en la penumbra, y al dar fin al trabajo, con la mano seguí los contornos de la piedra. Cada vez que repasaba el bloque parecía reblandecerse. No quise creerlo: era ya casi una pasta. Este mercader de la Lagunilla me ha timado. Su escultura precolombina es puro yeso, y la humedad acabará por arruinarla. Le he puesto encima unos trapos, y mañana la pasaré a la pieza de arriba, antes de que sufra un deterioro total."

"Los trapos están en el suelo. Increíble. Volví a palpar al Chac Mool. Se ha endurecido, pero no vuelve a la piedra. No quiero escribirlo: hay en el torso algo de la textura de la carne, lo aprieto como goma, siento que algo corre por esa figura recostada... Volví a bajar en la noche. No cabe duda: el Chac Mool tiene vello en los brazos."

"Esto nunca me había sucedido. Tergiversé los asuntos en la oficina; giré una orden de pago que no estaba autorizada, y el director tuvo que llamarme la atención. Quizá me mostré hasta descortés con los compañeros. Tendré que ver a un médico, saber si es imaginación, o delirio, o qué, y deshacerme de ese maldito Chac Mool."

Hasta aquí, la escritura de Filiberto era la vieja, la que tantas veces vi en memoranda y formas, ancha y ovalada. La entrada del 25 de agosto, parecía escrita por otra persona. A veces como niño, separando trabajosamente cada letra; otras, nerviosa, hasta diluirse en lo ininteligible. Hay tres días vacíos, y el relato continúa:

"todo es tan natural; y luego, se cree en lo real... pero esto lo es, más que lo creído por mí. Si es real un garrafón, y más, porque nos damos mejor cuenta de su existencia, o estar, si un bromista pinta de rojo el agua... Real bocanada de cigarro efímera, real imagen monstruosa en un espejo de circo, reales, ¿no lo son todos los muertos, presentes y olvidados?... Si un hombre atravesara el Paraíso en un sueño, y le dieran una flor como prueba de que había estado allí, y si al despertar encontrara esa flor en su mano... ¿entonces, qué...? Realidad: cierto día la quebraron en mil pedazos, la cabeza fue a dar allá, la cola aquí, y nosotros no conocemos más que uno de los trozos desprendidos de su gran cuerpo. Océano libre y ficticio, sólo real cuando se le aprisiona en un caracol. Hasta hace tres días, mi realidad lo era al grado de haberse borrado hoy: era movimiento reflejo, rutina, memoria, cartapacio. Y luego, como la tierra que un día tiembla para que recordemos su poder, o la muerte que llegará, recriminando mi olvido de toda la vida, se presenta otra realidad que sabíamos que estaba allí, mostrenca, y que debe sacudirnos para hacerse viva y presente. Creía, nuevamente, que era imaginación: el Chac Mool, blando y elegante, había cambiado de color en una noche; amarillo, casi dorado, parecía indicarme que era un Dios, por ahora laxo, con las rodillas menos tensas que antes, con la sonrisa más benévola. Y ayer, por fin, un despertar sobresaltado, con esa seguridad espantosa de que hay dos respiraciones en la noche, de que en la oscuridad laten más pulsos que el propio. Sí, se escuchaban pasos en la escalera. Pesadilla. Vuelta a dormir... No sé cuánto tiempo pretendí dormir. Cuando volví a abrir los ojos, aún no amanecía. El cuarto olía a horror, a incienso y sangre. Con la mirada negra, recorrí la recámara, hasta detenerme en dos orificios de luz parpadeante, en dos flámulas crueles y amarillas.

Casi sin aliento encendí la luz.

Allí estaba Chac Mool, erguido, sonriente, ocre, con su barriga encarnada. Me paralizaban los dos ojillos, casi bizcos, muy pegados a la nariz triangular. Los dientes inferiores, mordiendo el labio superior, inmóviles; sólo el brillo del casquetón cuadrado sobre la cabeza anormalmente voluminosa, delataba vida. Chac Mool avanzó hacia la cama; entonces empezó a llover."

Recuerdo que a fines de agosto, Filiberto fue despedido de la Secretaría, con una recriminación pública del director, y rumores de locura y aun robo. Esto no lo creí. Sí vi unos oficios descabellados, preguntando al Oficial Mayor si el agua podía olerse, ofreciendo sus servicios al Secretario de Recursos Hidráulicos para hacer llover en el desierto. No supe qué explicación darme; pensé que las lluvias excepcionalmente fuertes, de ese verano, lo habían enervado. O que alguna depresión moral debía producir la vida en aquel caserón antiguo, con la mitad de los cuartos bajo llave y empolvados, sin criados ni vida de familia. Los apuntes siguientes son de fines de septiembre:

"Chac Mool puede ser simpático cuando quiere... un glu-glu de agua embelesada... Sabe historias fantásticas sobre los monzones, las lluvias ecuatoriales, el castigo de los desiertos; cada planta arranca su paternidad mítica: el sauce, su hija descarriada; los lotos, sus mimados; su suegra: el cacto. Lo que no puedo tolerar es el olor, extrahumano, que emana de esa carne que no lo es, de las chanclas flamantes de ancianidad. Con risa estridente, el Chac Mool revela cómo fue descubierto por Le Plongeon, y puesto, físicamente, en contacto con hombres de otros símbolos. Su espíritu ha vivido en el cántaro y la tempestad, natural; otra cosa es su piedra, y haberla arrancado al escondite es artificial y cruel. Creo que nunca lo perdonará el Chac Mool. Él sabe de la inminencia del hecho estético."

"He debido proporcionarle sapolio para que se lave el estómago que el mercader le untó de *ketchup* al creerlo azteca. No pareció gustarle mi pregunta sobre su parentesco con Tláloc, y, cuando se enoja, sus dientes, de por sí repulsivos, se afilan y brillan. Los primeros días, bajó a dormir al sótano; desde ayer, en mi cama."

"Ha empezado la temporada seca. Ayer, desde la sala en que duermo ahora, comencé a oír los mismos lamentos roncos del principio, seguidos de ruidos terribles. Subí y entreabrí la puerta de la recámara: el Chac Mool estaba rompiendo las lámparas, los muebles; saltó hacia la puerta con las manos arañadas, y apenas pude cerrar e irme a esconder al baño… Luego bajó jadeante y pidió agua; todo el día tiene corriendo las llaves, no queda un centímetro seco en la casa. Tengo que dormir muy abrigado, y le he pedido no empapar la sala más."*

"El Chac Mool inundó hoy la sala. Exasperado, dije que lo iba a devolver a la Lagunilla. Tan terrible como su risilla —horrorosamente distinta a cualquier risa de hombre o animal— fue la bofetada que me dio, con ese brazo cargado de brazaletes pesados. Debo reconocerlo: soy su prisionero. Mi idea original era distinta: yo dominaría al Chac Mool, como se domina a un juguete; era, acaso, una prolongación de mi seguridad infantil; pero la niñez —¿quién lo dijo?— es fruto comido por los años, y yo no me he dado cuenta… Ha tomado mi ropa, y se pone las batas cuando empieza a brotarle musgo verde. El Chac Mool está acostumbrado a que se le obedezca, por siempre; yo, que nunca he debido mandar, sólo puedo doblegarme. Mientras no llueva —¿y su poder mágico?— vivirá colérico o irritable."

---

* Filiberto no explica en qué lengua se entendía con el Chac Mool.

"Hoy descubrí que en las noches el Chac Mool sale de la casa. Siempre, al oscurecer, canta una canción chirriona y anciana, más vieja que el canto mismo. Luego, cesa. Toqué varias veces a su puerta, y cuando no me contestó, me atreví a entrar. La recámara, que no había vuelto a ver desde el día en que intentó atacarme la estatua, está en ruinas, y allí se concentra ese olor a incienso y sangre que ha permeado la casa. Pero detrás de la puerta, hay huesos: huesos de perros, de ratones y gatos. Esto es lo que roba en la noche el Chac Mool para sustentarse. Esto explica los ladridos espantosos de todas las madrugadas."

"Febrero, seco. Chac Mool vigila cada paso mío; ha hecho que telefonee a una fonda para que me traigan diariamente arroz con pollo. Pero lo sustraído de la oficina ya se va a acabar. Sucedió lo inevitable: desde el día primero, cortaron el agua y la luz por falta de pago. Pero Chac ha descubierto una fuente pública a dos cuadras de aquí; todos los días hago diez o doce viajes por agua, y él me observa desde la azotea. Dice que si intento huir me fulminará; también es Dios del Rayo. Lo que él no sabe es que estoy al tanto de sus correrías nocturnas… Como no hay luz, debo acostarme a las ocho. Ya debería estar acostumbrado al Chac Mool, pero hace poco, en la oscuridad, me topé con él en la escalera, sentí sus brazos helados, las escamas de su piel renovada, y quise gritar."

"Si no llueve pronto, el Chac Mool va a convertirse en piedra otra vez. He notado su dificultad reciente para moverse; a veces se reclina durante horas, paralizado, y parece ser, de nuevo, un ídolo. Pero estos reposos sólo le dan nuevas fuerzas para vejarme, arañarme como si pudiera arrancar algún líquido de mi carne. Ya no tienen lugar aquellos intermedios amables en que relataba viejos cuentos; creo notar un resentimiento concentrado. Ha habido otros indicios que me han puesto a pensar: se está acabando mi bodega; acaricia la seda de las batas; quiere que traiga una criada a la casa; me ha hecho enseñarle a usar jabón y lociones. Creo que el Chac Mool está cayendo en tentaciones humanas, incluso hay algo viejo en su cara que antes parecía eterna. Aquí puede estar mi salvación: si el Chac se humaniza, posiblemente todos sus siglos de vida se acumulen en un instante y caiga fulminado. Pero también, aquí, puede germinar mi muerte: el Chac no querrá que asista a su derrumbe, es posible que desee matarme."

"Hoy aprovecharé la excursión nocturna de Chac para huir. Me iré a Acapulco; veremos qué puede hacerse para adquirir trabajo, y esperar la muerte de Chac Mool; sí, se avecina; está canoso, abotagado. Necesito asolearme, nadar, recuperar fuerza. Me quedan cuatrocientos pesos. Iré a la Pensión Müller, que es barata y cómoda. Que se adueñe de todo el Chac Mool: a ver cuánto dura sin mis baldes de agua."

Aquí termina el diario de Filiberto. No quise volver a pensar en su relato; dormí hasta Cuernavaca. De ahí a México pretendí dar coherencia al escrito, relacionarlo con exceso de trabajo, con algún motivo psicológico. Cuando a las nueve de la noche llegamos a la terminal, aún no podía concebir la locura de mi amigo. Contraté una camioneta para llevar el féretro a casa de Filiberto, y desde allí ordenar su entierro.

Antes de que pudiera introducir la llave en la cerradura, la puerta se abrió. Apareció un indio amarillo, en bata de casa, con bufanda. Su aspecto no podía ser más repulsivo; despedía un olor a loción barata; su cara, polveada, quería cubrir las arrugas; tenía la boca embarrada de lápiz labial mal aplicado, y el pelo daba la impresión de estar teñido.

—Perdone... no sabía que Filiberto hubiera...

—No importa; lo sé todo. Dígale a los hombres que lleven el cadáver al sótano.

Pantera en jazz

When Joshua fit the battle of Jericho

El hombre tiene que apresurarse si quiere checar al filo de las nueve. Este día, en especial, despierta amodorrado, se baña y ya ha resuelto su desayuno. Hay tres piezas en su apartamento: la estancia con un sofá color limón donde duerme, un anaquel repleto de novelas a la rústica (lujo de collegeboy norteamericano), la alfombra de hebras arrastrándose inerte hasta el otro extremo, donde está la puerta, junto a un pequeño escritorio hosco, y dos o tres sillas chippendeleznables. Reproducciones nítidas y policromas se ahorcan en la pared: cuadritos de marcos losados con hojas de indian summer y frutas acogolladas. El otro cuarto es la cocina, pulida y reluciente, blanca de porcelana y aluminio, con platos holandeses suspensos al mosaico blanco. La estufa y la nevera. Y la última pieza es el baño, herméticamente cerrado por una puerta verde con la manija de cobre.

Hoy, el hombre lee el diario al mismo tiempo que escucha un gruñido tras la puerta del baño. Los encabezados anuncian atrevidamente, con tintas oscuras: una pantera negra se ha escapado del zoológico; todos los ciudadanos, según parece (y se recomienda), deben ponerse en guardia contra esta salvaje pantera; puede estar en cualquier parte: sí, allí, junto a usted.

El rugir en el baño se repite. Pero el hombre ya se ha lavado los dientes y son las ocho y media. Todo lo que puede hacer es correr fuera del local.

Bingo bango bongo I don't want
to leave the Congo

(La oficina pedaleaba un fandango espontáneo y crujiente de apuntadores Remington y escenario de cemento y vidrio. Tronaban puertas y abofeteaban máquinas, y mascaban chicle y bebían agua en endebles copitas de papel y daban órdenes y las recibían y estornudaban y pedían permiso y bajaban las persianas y las volvían a subir y leían novelas de crimen (¿quién lo hizo?) escondidas tras de un parapeto de papel amarillo e importante y suspiraban y cuchicheaban y comían sándwiches de jamón y picles y gorgoteaban botellas efervescentes y bajaban las persianas otra vez y tictaqueaban un poco y siesteaban otro y se arreglaban las medias y regían las corbatas y salían a la avenida zumbante llenos de espíritu y felices de estar ocupados, de trabajar, de poseer escritorio propio.)

For sentimental reasons

El hombre tiene cierta aversión hacia "casa" esta noche, y entra a un bar y ahí encuentra a una divorciada eufórica y cuarentona que conoce: una estola de mink colgándole de un hombro, olor a jacinto bravo y la expresión nerviosa de tic en su boca violeta. Ella le cuenta la saga heroica del número tres y cómo dormía con una tabla entre los dos en el lecho tibio y cómo lo divorció (a quicky, too) por crueldad mental y, claro, la crueldad no fue mental sino glútea cuando una noche se rasgó (ella, claro) el negligeé y el cutis con un clavo al estar soñando en este o aquel astro de cine e indemnización y alimentos y habeas corpus tu abuela, iiiiiiii, y qué iba a hacer todo solito esta noche, y otra vuelta, Gus, y iiiiiiiii.

Entonces llegan a su apartamento y la mujer se derrumba de golpe sobre el sofá cama, y empieza a cantar villancicos mientras él mezcla un coctel y las luces de la calle se filtran de cebra al cielo raso. Entonces ella escucha un gruñido.

Lookie lookie lookie here comes cookie

Se levanta y dice que ya está oyendo cosas y más le valdría irse a casita. Pero él no la deja, después de venir todo el camino hasta acá, y ella fue la de la idea, además. Pero la mujer dice que siente el rugir otra vez y su maquillaje se empieza a arrugar; él le dice que está borracha, y ella lo vuelve a escuchar como una clarinada y decide abrir la puerta y ver con sus propios ojos. El hombre se abalanza frente a ella, la cachetea y la empuja a la puerta de salida. Tira detrás de la mujer el mink viejo y avienta la puerta a su marco. Piensa: qué limpio y brilloso estaba el lugar (el desenfado de los ingleses) y cómo esta mujer lo ha rociado de colillas agonizantes embarradas de morado. Aquí sintió el padpad de unas patas acojindas en la puerta del baño y empezó a discurrir en torno a la posibilidad: algo o alguien está en mi baño. ¿Cómo puede algo o alguien introducirse en mi baño? Este lugar era tan seguro, pagaba un poco más de lo normal por él, y estaba situado en el barrio más selecto: por lo menos eso era lo que él pensaba y lo que el anuncio —el anuncio— decía. De manera que si algo, o alguien, estaba en su cuarto de baño —destruyendo sus lociones, babeando su pasta dental— no había seguridad; el aviso del periódico mentía; no hay, seguridad, y lo único que él anhelaba después de un día de trabajo era confort, confort y seguridad, y no un baño lleno de bichos molestos y ruidosos y sin respeto alguno hacia la vida privada de los ciudadanos.

Pero antes de arriesgarse con el dueño, tiene que pensar un poco: el ruido en el baño.

No hay manera de entrar ahí, como no sea llegando por la puerta principal. No hay ventanas en el baño. La cosa necesita haber entrado por la planta baja, subido las escaleras, abierto la puerta del apartamento. Debe haberse arrastrado por la sala hasta llegar a la puerta del baño; la abrió, se introdujo en el cuartito y cerró la puerta. Pero entonces: él estaba en su regadera alrededor de las siete cuarenta y cinco, lo cual significaba que la cosa no se había colado durante la noche, lo natural; en consecuencia, debe suponerse que entró mientras el hombre preparaba el desayuno, en la cocina. Ésta era la única explicación posible, la única explicación posible, la única explicación posible.

Se embute hipnotizado entre las sábanas frías y trata de olvidar el asunto. No osa imaginarse a la pantera. En el curso de la noche, sin embargo, escucha una garra de terciopelo arañar la puerta pintada —¡recién pintada!— y siente horrible imaginándose a un ser desconocido que destruye su habitación, tan arreglada, y siente miedo de siquiera pensar en la cosa tirada ahí. Y aunque tolera esta tortura, nunca puede, nunca podrá, abrir la puerta fresca y pintada del baño.

(La mañana siguiente se lavó en la cocina y desayunó en el centro. No podía concentrarse —o alguna postura para los subordinados— en la oficina, y todo el día clavó la mirada en el papel blanco ensartado en la máquina mientras los demás clavaban su mirada en él. Se fue temprano a casa arguyendo dolor de algo y se sentó en el couch aguardando cualquier rumor de la cueva del mosaico. Sentado en el filo de la cama amarilla, escuchó las pisadas intermitentes en la escalera y los murmullos y chillidos de la calle, pero el cuarto cerrado permaneció silente. Alguien —una niñita— empezó a tocar escalas y cancioncillas, sin orden, con la voz de una ratita, en el piso de bajo, y el hombre se durmió.)

My heart belongs to daddy

No ha pasado una quincena desde la primera señal de la pantera cuando el hombre presenta su renuncia en la oficina y penetra los óvulos de laberinto seda del bar rococó. Bajo una plaffond de fibracel encuentra a su vieja amiga, la divorciada, sorbiendo martinis con un calvo obeso. ¡Ahí está, vocifera ella, el toughguy, el que patea damas y las lanza solas a los callejones oscuros y solitarios, y empieza a ronronear como un gato y tiene su piso lleno de olores raros y ruidos feos! ¡Ahora es cuando lo deberían correr a él, a patadas, que se largue a roncar como micifuz debajo de su mueblote amarillo! ¡Y no te quedes así, Billy, pégale, él me pegó también, ahora vuelve todo, antes no me… él también me pegó, así, con el puño cerrado, pazzzz! ¡Ah, no vas a hacer nada, pues aquí tienen hombrotes grandes que rebotan borrachos y ladrones, y a los que maltratan señoras y después quieren robarles la bolsa: hey, bótenlo, córranlo, quiso robarme la cartera! ¡Cóoorranlo!… ¿Qué no es este el tipo que corrieron hoy de la oficina?… ¡Ése es, lo largan de todas partes, pateando y golpeando señoras, y estafando y robando y con su casa llena de *diosabequé!*… ¡vago, desocupado, peinaplayas!… Entonces cae de cara contra la acera helada y se sueña corriendo mientras todos los porteros y choferes lo observan sonrientes, y deja su sombrero en una alcantarilla.

Animal crackers in my soup

(El hombre no podía abrir la puerta) y los gemidos y el gruñir son cada día más penetrantes. No puede encontrar una salida ya. No hay adonde ir, huyendo de este monstruo invisible. Sólo queda el apartamento sucio, y se abraza a la pared junto a la puerta del baño y siente el corazón latir y la cabeza nadar mientras los arañazos truenan en sus orejas empapadas de sangre, martillean allí, sin piedad. Ningún lugar, ni bar, ni oficina. Nada, sólo la niñita tocando escalas y cantando rimas un piso abajo. El hombre corre temblando fuera de su habitación, toca el timbre cacofónico y el piano se detiene monótonamente, sin la conciencia de una rúbrica; la niñita abre la puerta. ¿Hay alguien con ella? No está sola cuidando la casa mientras su mamá juega bridge pero pronto estará de vuelta así que llama otra vez ella tiene que practicar. El hombre le ofrece unos dulces que no están allí. La niñita lo empieza a mirar con sospecha. Él la agarra del brazo, le tapa la boca sofocada y sale con la niña del vestido almidonado prendida a su pecho, sube las escaleras y cierra de un portazo. Rápidamente abre la puerta del baño y empuja con todas sus fuerzas a la muñeca blanda.

Se taponea los oídos para no escuchar los chillidos destemplados, para no escuchar los gruñidos, y la boca babeante y lengüeteando la sangre.

¡El animal, la pantera aterciopelada ¿de ojos verdes?, estaba ahí! Da dos vueltas a la llave y sale tiritando a las calles y se queda en ellas toda la noche, mostrenco. ¿Cómo puede la pantera vivir sin comer, nada más bebiendo del excusado? Ahora, en vez de dejarla morir de hambre, le ha ofrendado a la muchachita rosa regada de listones azules. Cuando amanece, va al carpintero y lo lleva a clavetear la puerta del baño. Llegan juntos al apartamento y cuando el carpintero se hinca a clavar las tablas, recarga su mano en el suelo y la moja en un hilo pegajoso y carmín. Se lo dice al hombre. Éste tiembla e insulta al carpintero fuera del lugar. Y cae sollozando junto a la pared cuarteada de telaraña y ampollas y se levanta ciego a la cocina para convertir los platos y la porcelana en polvo blanco. Otra vez, embarrado a la pared gris junto al baño. Ya no se escuchan los lamentos de la pantera: ahora está llena y contenta, mientras la sangre regaba el tapete. Encontró petróleo de alguna clase y empezó a tallar la mancha de la alfombra hasta traspasarle un hoyo.

Oía movimiento y conmoción en el piso de abajo: sería la madre gritando a los vecinos, o la policía buscando a la niña. Él arañaba el muro arrugado, mientras la sangre seguía corriendo desde el azulejo empapado del baño.

Entonces olfateó un sueño hediondo y escuchó el gemido del animal, temblando sigilosamente mientras toda aquella existencia enervante rondaba con su fetidez enjaulada hasta el último poro de hombre, o mueble. Nada podía ocurrir, sólo que él, el hombre, se tornara en bestia también, bestia capaz de cohabitar con la otra, siempre invisible, bestia en el baño.

And the walls come tumblin' down

Cuando la luna nadó a través de los cristales, el hombre despertó. Estaba sentado en el suelo, cerca del charco de sangre. La pantera hambrienta comenzó a lamentarse de nuevo y a rondar y a rugir alrededor del baño. Entonces el hombre arañó la pared, arañó su cuerpo y sintió su brazo desnudo grueso y aterciopelado y sus uñas convirtiéndose en garras de clavo y algo como caucho ardiente tostando su nariz y todo su cuerpo un torso desnudo, trémulo y peludo como el del animal, y sus piernas acortándose al reptar sobre el tapete para arañar las almohadas y destrozarlas y entonces esperar y esperar mientras, sin duda, pisadas cautelosas ascendían la escalera con el propósito de tocar en su puerta.

Tlactocatzine, del jardín de Flandes

19 Sept. ¡El licenciado Brambila tiene cada idea! Ahora acaba de comprar esa vieja mansión del Puente de Alvarado, suntuosa pero inservible, construida en tiempos de la Intervención Francesa. Naturalmente, supuse que se trataba de una de tantas operaciones del licenciado, y que su propósito, como en otra ocasión, sería el de demoler la casa y vender el terreno a buen precio, o en todo caso construir allí un edificio para oficinas y comercios. Esto, como digo, creía yo entonces. No fue poca mi sorpresa cuando el licenciado me comunicó sus intenciones: la casa, con su maravilloso *parquet*, sus brillantes candiles, serviría para dar fiestas y hospedar a sus colegas norteamericanos —historia, folklore, elegancia reunidos—. Yo debería pasarme a vivir algún tiempo a la mansión, pues Brambila, tan bien impresionado por todo lo demás, sentía cierta falta de calor humano en esas piezas, de hecho deshabitadas desde 1910, cuando la familia huyó a Francia. Atendida por un matrimonio de criados que vivían en la azotea, mantenida limpia y brillante —aunque sin más mobiliario que un magnífico Pleyel en la sala durante cuarenta años—, se respiraba en ella (añadió el licenciado Brambila) un frío muy especial, notoriamente intenso con relación al que se sentiría en la calle.

—Mire, mi güero. Puede usted invitar a sus amigos a charlar, a tomar la copa. Se le instalará lo indispensable. Lea, escriba, lleve su vida habitual.

Y el licenciado partió en avión a Washington, dejándome conmovido ante su fe inmensa en mis poderes de calefacción.

19 Sept. Esa misma tarde me trasladé con una maleta al Puente de Alvarado. La mansión es en verdad hermosa, por más que la fachada se encargue de negarlo, con su exceso de capiteles jónicos y cariátides del Segundo Imperio. El salón, con vista a la calle, tiene un piso oloroso y brillante, y las paredes, apenas manchadas por los rectángulos espectrales donde antes colgaban los cuadros, son de un azul tibio, anclado en lo antiguo, ajeno a lo puramente viejo.

Los retablos de la bóveda (Zobeniga, el embarcadero de Juan y Pablo, Santa María de la Salud) fueron pintados por los discípulos de Francesco Guardi. Las alcobas, forradas de terciopelo azul, y los pasillos, túneles de maderas, lisas y labradas, olmo, ébano y boj, en el estilo flamenco de Viet Stoss algunas, otras más cercanas a Berruguete, al fasto dócil de los maestros de Pisa. Especialmente, me ha gustado la biblioteca. Ésta se encuentra a espaldas de la casa, y sus ventanas son las únicas que miran al jardín, pequeño, cuadrado, lunar de siemprevivas, sus tres muros acolchonados de enredadera. No encontré entonces las llaves de la ventana, y sólo por ella puede pasarse al jardín. En él, leyendo y fumando, habrá de empezar mi labor humanizante de esta isla de antigüedad. Rojas, blancas, las siemprevivas brillaban bajo la lluvia; una banca del viejo estilo, de fierro verde retorcido en forma de hojas, y el pasto suave, mojado, hecho un poco de caricias y persistencia. Ahora que escribo, las asociaciones del jardín me traen, sin duda, las cadencias de Rodenbach... *Dans l'horizon du soir où le soleil recule... la fumée éphémère et pacifique ondule... comme une gaze où des prunelles sont cachées; et l'on sent, rien qu'à voir ces brumes détachées, un douloureux regret de ciel et de voyage...*

20 Sept. Aquí se está lejos de los "males parasitarios" de México. Menos de veinticuatro horas entre estos muros, que son de una sensibilidad, de un fluir que corresponde a otros litorales, me han inducido a un reposo lúcido, a un sentimiento de las inminencias; en todo momento, creo percibir con agudeza mayor determinados perfumes propios de mi nueva habitación, ciertas siluetas de memoria que, conocidas otras veces en pequeños relámpagos, hoy se dilatan y corren con la viveza y lentitud de un río. Entre los remaches de la ciudad, ¿cuándo he sentido el cambio de las estaciones? Más: no lo sentimos en México; una estación se diluye en otra sin cambiar de paso, "primavera inmortal y sus indicios"; y las estaciones pierden su carácter de novedad reiterada, de casilleros con ritmos, ritos y goces propios de fronteras a las que enlazar nostalgias y proyectos, de señas que nutran y cuajen la conciencia. Mañana es el equinoccio. Hoy, aquí, sí he vuelto a experimentar, con un dejo nórdico, la llegada del otoño. Sobre el jardín que observo mientras escribo, se ha desbaratado un velo gris; de ayer a hoy, algunas hojas han caído del emparrado, hinchando el césped; otras, comienzan a dorarse, y la lluvia incesante parece lavar lo verde, llevárselo a la tierra. El humo del otoño cubre el jardín hasta las tapias, y casi podría decirse que se escuchan pasos, lentos, con peso de respiración, entre las hojas caídas.

21 Sept. Por fin, he logrado abrir la ventana de la biblioteca. Salí al jardín. Sigue esta llovizna, imperceptible y pertinaz. Si ya en la casa rozaba la epidermis de otro mundo, en el jardín me pareció llegar a sus nervios. Esas siluetas de memoria, de inminencia, que noté ayer, se crispan en el jardín; las siemprevivas

no son las que conozco: éstas están atravesa-
das de un perfume que se hace doloroso,
como si las acabaran de recoger en una cripta,
después de años entre polvo y mármoles. Y la
lluvia misma remueve, en el pasto, otros colores que quiero insertar en ciudades, en ventanas; de pie en el centro del jardín, cerré los
ojos... tabaco javanés y aceras mojadas...
arenque... tufos de cerveza, vapor de bosques,
troncos de encina... Girando, quise retener
de un golpe la impresión de este cuadrilá-
tero de luz incierta, que incluso a la intempe-
rie parece filtrarse por vitrales amarillos, brillar
en los braseros, hacerse melancolía aun antes
de ser luz... y el verdor de las enredaderas, no
era el acostumbrado en la tierra cocida de las
mesetas; tenía otra suavidad, en que las copas
lejanas de los árboles son azules y las piedras
se cubren con limos grotescos... ¡Memling,
por una de sus ventanas había yo visto este
mismo paisaje, entre las pupilas de una virgen
y el reflejo de los cobres! Era un paisaje ficticio, inventado. ¡El jardín no estaba en México!... y la lluviecilla... Entré corriendo a la
casa, atravesé el pasillo, penetré al salón y
pegué la nariz en la ventana: en la Avenida del
Puente de Alvarado, rugían las sinfonolas, los
tranvías y el sol, sol monótono, Dios-Sol sin
matices ni efigies en sus rayos, Sol-piedra es-
tacionario, sol de los siglos breves. Regresé a
la biblioteca: la llovizna del jardín persistía,
vieja, encapotada.

21 Sept. He permanecido, mi aliento empañando los cristales, viendo el jardín. Quizás horas, la mirada fija en su reducido espacio. Fija en el césped, a cada instante más poblado de hojas. Luego, sentí el ruido sordo, el zumbido que parecía salir de sí mismo, y levanté la cara. En el jardín, casi frente a la mía, otra cara, levemente ladeada, observaba mis ojos. Un resorte instintivo me hizo saltar hacia atrás. La cara del jardín no varió su mirada, intransmisible en la sombra de las cuencas. Me dio la espalda, no distinguí más que su pequeño bulto, negro y encorvado, y escondí entre los dedos mis ojos.

22 Sept. No hay teléfono en la casa, pero podría salir a la avenida, llamar a mis amigos, irme al Roxy... ¡pero si estoy viviendo en mi ciudad, entre mi gente! ¿por qué no puedo arrancarme de esta casa, diría mejor, de mi puesto en la ventana que mira al jardín?

22 Sept. No me voy a asustar porque alguien saltó la tapia y entró al jardín. Voy a esperar toda la tarde, ¡sigue lloviendo, día y noche!, y agarrar al intruso... Estaba dormitando en el sillón, frente a la ventana, cuando me despertó la intensidad del olor a siempreviva. Sin vacilar, clavé la vista en el jardín —allí estaba. Recogiendo las flores, formando un ramillete entre sus manos pequeñas y amarillas... Era una viejecita... tendría ochenta años, cuando menos, ¿pero cómo se atrevía a entrar, o por dónde entraba? Mientras desprendía las flores, la observé: delgada, seca, vestía de negro. Falda hasta el suelo, que iba recogiendo rocío y tréboles, la tela caía con la pesantez, ligera pesantez, de una textura de Caravaggio; el saco negro, abotonado hasta el cuello, y el tronco doblegado, aterido. Ensombrecía la cara una cofia de encaje negro, ocultando el pelo blanco y despeinado de la anciana. Sólo pude distinguir los labios, sin sangre, que con el color pálido de su carne penetraban en la boca recta, arqueada en la sonrisa más leve, más triste, más permanente y desprendida de toda motivación. Levantó la vista; en sus ojos no había ojos... era como si un camino, un paisaje nocturno partiera de los párpados arrugados, partiera hacia adentro, hacia un viaje infinito en cada segundo. La anciana se inclinó a recoger un capullo rojo; de perfil, sus facciones de halcón, sus mejillas hundidas, vibraban con los ángulos de la guadaña. Ahora caminaba, ¿hacia...? No, no diré que cruzó la enredadera y el muro, que se evaporó, que penetró en la tierra o ascendió al cielo; en el jardín pareció abrirse un sendero, tan natural que a primera vista no me percaté de su aparición, y por él, con... lo sabía, lo había escuchado ya... con la lentitud de los rumbos perdidos, con el peso de la respiración, mi visitante se fue caminando bajo la lluvia.

23 Sept. Me encerré en la alcoba; atranqué la puerta con lo que encontré a mano. Posiblemente no serviría para nada; por lo menos, pensé que me permitiría hacerme la ilusión de poder dormir tranquilo. Esas pisadas lentas, siempre sobre hojas secas, creía escucharlas a cada instante; sabía que no eran ciertas, hasta que sentí el mínimo crujido junto a la puerta, y luego el frotar por la rendija. Encendí la luz: la esquina de un sobre asomaba sobre el terciopelo del piso. Detuve un minuto su contenido en la mano; papel viejo, suntuoso, palo-de-rosa. Escrita con una letra de araña, empinada y grande, la carta contenía una sola palabra:

TLACTOCATZINE

23 Sept. Debe venir, como ayer y anteayer, a la caída del sol. Hoy le dirigiré la palabra; no podrá escaparse, la seguiré por su camino, oculto entre las enredaderas...

23 Sept. Sonaban las seis cuando escuché música en el salón; era el famoso Pleyel, tocando valses. A medida que me acerqué, el ruido cesó. Regresé a la biblioteca: ella estaba en el jardín; ahora daba pequeños saltos, describía un movimiento... como el de una niña que juega con su aro. Abrí la ventana; salí. Exactamente, no sé qué sucedió; sentí que el cielo, que el aire mismo, bajaban un peldaño, caían sobre el jardín; el aire se hacía monótono, profundo, y todo ruido se suspendía. La anciana me miró, su sonrisa siempre idéntica, sus ojos extraviados en el fondo del mundo; abrió la boca, movió los labios: ningún sonido emanaba de aquella comisura pálida; el jardín se comprimió como una esponja, el frío metió sus dedos en mi carne...

24 Sept. Después de la aparición del atardecer, recobré el conocimiento sentado en el sillón de la biblioteca; la ventana estaba cerrada; el jardín solitario. El olor de las siemprevivas se ha esparcido por la casa; su intensidad es particular en la recámara. Allí esperé una nueva misiva, otra señal de la anciana. Sus palabras, carne de silencio, querían decirme algo... A las once de la noche, sentí cerca de mí la luz parda del jardín. Nuevamente, el roce de las faldas largas y tiesas junto a la puerta; allí estaba la carta:

Amado mío:
La luna acaba de asomarse y la escucho cantar; todo es tan indescriptiblemente bello.

Me vestí y bajé a la biblioteca; un velo hecho luz cubría a la anciana, sentada en la banca del jardín. Llegué junto a ella, entre el zumbar de abejorros; el mismo aire, del cual el ruido desaparece, envolvía su presencia. La luz blanca agitó mis cabellos, y la anciana me tomó de las manos, las besó; su piel apretó la mía. Lo supe por revelación, porque mis ojos decían lo que el tacto no corroboraba: sus manos en las mías, no tocaba sino viento pesado y frío, adivinaba hielo opaco en el esqueleto de esta figura que, de hinojos, movía sus labios en una letanía de ritmos vedados. Las siemprevivas temblaban, solas, independientes del viento. Su olor era de féretro. De allí venían, todas, de una tumba; allí germinaban, allí eran llevadas todas las tardes por las manos espectrales de una anciana… y el ruido regresó, la lluvia se llenó de amplificadores, y la voz, coagulada, eco de las sangres vertidas que aún transitan en cópula con la tierra, gritó:

—¡Kapuzinergruft! ¡Kapuzinergruft!

Me arranqué de sus manos, corrí a la puerta de la mansión —hasta allá me perseguían los rumores locos de su voz, las cavernas de una garganta de muertes ahogadas—, caí temblando, agarrado a la manija, sin fuerza para moverla.

De nada sirvió; no era posible abrirla.

Está sellada, con una laca roja y espesa. En el centro, un escudo de armas brilla en la noche, su águila de coronas, el perfil de la anciana, lanza la intensidad congelada de una clausura definitiva.

Esa noche escuché a mis espaldas —no sabía que lo iba a escuchar por siempre— el roce de las faldas sobre el piso; camina con una nueva alegría extraviada, sus ademanes son reiterativos y delatan satisfacción. Satisfacción de carcelero, de compañía, de prisión eterna. Satisfacción de soledades compartidas. Era su voz de nuevo, acercándose, sus labios junto a mi oreja, su aliento fabricado de espuma y tierra sepultada:

—... y no nos dejaban jugar con los aros, Max, nos lo prohibían; teníamos que llevarlos en la mano, durante nuestros paseos por los jardines de Bruselas... pero eso ya te lo conté en una carta, en la que te escribía de Bouchot, ¿recuerdas? Pero desde ahora, no más cartas, ya estamos juntos para siempre, los dos en este castillo... Nunca saldremos; nunca dejaremos entrar a nadie... Oh, Max, contesta, las siemprevivas, las que te llevo en las tardes a la cripta de los capuchinos, ¿no saben frescas? Son como las que te ofrendaron cuando llegamos aquí, tú, Tlactocatzine... Nis tiquimopielia inin maxochtzintl...

Y sobre el escudo leí la inscripción:

CHARLOTTE, KAISERIN VON
MEXIKO

Por boca de los dioses

(Bingbingbing goteaba la cara de la ventana llorando los remordimientos ajenos, mientras yo intentaba perseguir las manecillas que empezaban —cerca, las doce— a estrangularme. Alta la ventana, bajo el techo, las paredes gemían por tocarse en una cópula de cemento; sí, se iban acercando, angostando, ésta corta, aquélla delgada, la tercera barrigona, la otra con una vagina de vidrio, único laberinto al mapa andrajoso de la Gran Ciudad. No quería mirar a través del cristal; de eso huía, encerrado aquí, siempre: de la pasta, del jamoncillo empalagoso pintado de rosa como su única sonrisa amable inmersa en el inmenso tianguis, de palacios avergonzados escurrientes de cacahuate, de la plaga de roedores vestidos de gabardina y mezclilla, abochornados de su cielo, de esos mismos roedores —*natura naturata*— pasados por el molino de luz neón que los convierte en grandes carroñas maquilladas, se adivina el sexo afeitado, la herida siempre abierta disimulada por el tweed, el diente falso flotando en una tumba nocturna de formol. Cuando el reloj se abraza a sí mismo, al erguirse y apretarse las dos piernas del tiempo en la medianoche, sé que no tardarán las visitas indeseadas; están, silenciosas en la antesala de mi olvido, hasta que los pies les punzan con un ritmo oscuro, sé que el repiqueteo de la puerta, el aullar de las gargantas peludas cantando en silencio a su plexo, el falso balumboyó tropical, su tántara-ranta-tan-tán en las paredes, es un disfraz, un disimulo cortés, una invitación al chocolate de los canónigos de ojos de serpiente, envenenado de dolor y latente de coágulos; y rasguean sin cesar, miles de guitarras, como si sus dedos mismos fueran cuerdas. ¿Qué traen en sus manos y en sus cerebros, detrás de la sonrisa y el cachondeo de los abrazos inevitables? Una noche, quisieron introducirse como mariachis; bastó el río de gemidos —que empezó a inundar mi cuarto por el ojo de la llave ¡allí están siempre sus ojos, sin hálito! como si el asesinato fuera líquido— para enloquecerme y rabiar. Y no, me lo ofrecían como sus presentes, ¡no saben de las cajas de Pandora, de las fuerzas homicidas de la mitología! La suya sigue viva, sus monstruos de jade y embolias siguen gravitando como máscaras daltónicas que sin color se pierden en el polvo y el drenaje, que corretean subterráneas para asomar sus fauces de tarde en tarde, que cabalgan por el aire secando sus montes y moviendo los puñales de obsidiana. Se esconden en los ombligos, relampaguean en los encabezados rojos, se sumergen bajo el lodo cuando vienen las invasiones; dormitan siestas seculares; en el fondo de cada callejuela, se detienen vidas, en las canas, se columpian, en los cráteres, serpentean. Siesta enorme, y cuando se despiertan para masticar, alguien grita desde lo alto de los nopales: "¡Hemos vuelto a encontrarnos!" Vengo huyendo de ellos, de sus formas menores, y están aquí, gigantes sin más dimensión que la cólera cortés y el son reticente de las guitarras. En las calles, me miran feo, pisan mis pies, me empujan, me pintan violines y me tocan el claxon, ¡ay de observar a sus mujeres, ay de rehusar sus alcoholes, ay de demostrar que mi cerebro y mi memoria no laten a su compás!)

En la escalinata de Bellas Artes, me encontré a don Diego. Casi nunca salgo de mi cuarto de hotel; cuando lo hago, ando solo, y si me acompaño de alguien, es para que me vista. Pero don Diego es un viejecillo casi enano, casi jorobado, decorado de caspa, y con un estilo de conversación que acaba por crisparme.

—¡Caro Oliverio! ¡Felices los ojos! ¿Qué milagro es éste? Sin duda vienes —ah, muchachos estridentistas— a ver eso que llaman arte en el último piso. Anda, anda, acompáñame primero a la sala colonial, sabes que es mi preferida, y después te daré el gusto de recorrer juntos la de arte moderno. Pasa, pasa: de ninguna manera, tú primero. ¡No faltaba más!

En la sala colonial, don Diego discurrió largamente a la cara de un anónimo del siglo XVIII. Una preciosa mujer, morena, con matiz de piloncillo, cejas inolvidables y vestida de encaje blanco. Subimos a la exposición de pintura contemporánea. Don Diego empezó a dar pequeños bastonazos de impaciencia:

—Ay, ay, ay, a esto llaman arte. ¡Válgame! Ya te pasará la fiebre por estas monstruosidades, Oliverio. ¡Cuando se es viejo, se busca la belleza y se anhelan las cosas simples!

Caminamos por la galería trapezoide, observando los cuadros ahorrados en las paredes de balsa. Luz, submarina y celeste, penetraba como cubos de hielo por la ventana norte, masticando detalles para puntualizar lo esencial: la joroba de don Diego, mi nariz café, y un cuadro lejano en un rincón.

—Ta-ma-yo, 1958 —leyó, con la retina arrugada, don Diego—. ¡Bah! Compare usted con el anónimo que acabamos de ver. Aquella mujer, todavía puede usted encontrarla a cualquier hora en la calle, pero ésta... Descuartizada por los colores como si el arte acabara por asesinar al arte. Mira, fíjate nada más, ese pescuezo ilusorio, esa... ¡bah! ¿dónde se ha visto una mujer así?

—Las máscaras suelen convertirse en facciones —repuse—. Y esa boca. "El tedio la hace cruel", algo así. Mire, don Diego, es distinta, como voluntariamente alejada de lo que pueda hacerla feliz. Distinta, mexicana, excelente...

—¡Bah! Parece una oreja.

Empezaban a marearme los bastonazos y la halitosis del viejillo, espantoso, con un boleto de camión metido en el ojal.

—¿Qué sabe usted de los testamentos secretos del arte? Y quizá tenga razón. Puede ser la oreja que Van Gogh se cortó y regaló a una mujer, como presente de Pascuas, en un prostíbulo de Arles. Y luego, Nuño de Guzmán y sus émulos cortaron tantas orejas a los indios, como para asemejarlos a sus ídolos, para ofrecer equitativamente las heridas. ¿Quién impide recoger algunas, o cortar otras, y pegarlas a un cuadro?

Algo de esto parece ser cierto; la boca del cuadro se rió.

Don Diego temblaba histéricamente, y yo sentí cosquillas. La boca se rió. Cuando mi risa y la del viejecillo ya habían terminado, los labios del cuadro trataban de disimular su hilaridad. El cuadro tenía una dimensión, y la boca, al parecer, tres.

Afortunadamente, los mozos del local habían dejado olvidada una cubeta. La tomé, agarré la boca con el puño y, arrancada, la coloqué en el fondo del recipiente. Allí, la boca se retorcía y daba vueltas, resbalaba por la lata, pero no podía salir nunca.

—¡Oliverio! Eso es antiestético. Esa boca pertenece a ese cuadro. Devuélvela; no se pueden hacer estas cosas: es como sacrificar, querido amigo, la dignidad por el confort, no...

No era posible tolerar más la ramplonería del anciano; dije alguna estupidez —"el arte es de y para todos"— y me alejé con la cubeta, rítmicamente. La boca aullaba todavía. Cuando la miraba, una sombra parecía ahogar el recipiente y los labios ondulaban flotantes, como si mi carne fuera líquida. Don Diego —lo adivinaba saltando como una tortuga dentro de su caparazón deforme. Furioso, chillaba, vuelve, vuelve, no se pueden trastornar así las cosas, nunca se podrá comprender ese cuadro, rajado, con la cicatriz que acabas de estamparle. ¿Comprender? Viejo imbécil. No había entendido nada —que lo importante era contemplar, el cuadro herido, la boca en la cubeta, los monstruos en el aire. ¡Comprender! Regresé a golpear atrozmente la cara del anciano, a patear su joroba y sus dientes. Sé crearme bien estos estados de furia, volitivamente. A nadie sorprenden tanto como a mí.

La galería entera se había oscurecido, las pinturas lloraban, y dejaron caer un velo. Sólo el cuadro sin labios permanecía encandilado. Su expresión se caía a jirones, y la boca era un remolino de sangre. Los labios en la cubeta no cesaban de aullar, mientras, fuera de mí, atizaba los gritos de don Diego con golpes: por fin, al romper la liga, el viejo rodó hasta el ventanal y salió a través de sus cristales. Corrí, lo vi caer. Rana, boca abajo sobre el pavimento. De la mancha estrellada, empezaron a correr hilos. Descendí rápidamente con mi presa. En el pórtico una mujer andrajosa, manchada de tiña, pero exacta a la mestiza de cejas inolvidables, al anónimo del siglo XVIII, pedía limosna. ¿Tendría razón el duende barato de don Diego?

Caminé entre el tumulto de gente, saliendo de oficinas y comercios. Ya la cubeta me molestaba, y era demasiado conspicua. Decidí entrar a un gran almacén que cerraba más tarde que los otros; esto explicaba la gran cantidad de gentes que pululaban entre las telas y las lociones y el olor de axilas rociadas de las escuálidas empleaditas. Pasé las puertas giratorias, todavía envuelto en las pulsaciones de la boca y la muerte de don Diego, y grité:

—¿Dónde queda el departamento de señoras, el de ropa íntima?

Todos me miraron, algunos curiosos se acercaban a fin de observarme cuidadosamente. Nada descubrieron. Yo insultaba. Una señorita con cara de lechuza, pegada a los teléfonos, picando luces y hablando con la mitad de la boca, me indicó:

—Tercer piso, a la izquierda.

Nuestras miradas se cruzaron. Esta lechuza tenía una belleza de laberinto, difícil, con fulgores de hacha. Y sus manos exangües, orando ante el altar de números y discos y voces irreconocibles.

Cuando llegué al mostrador, una jovencita me atendió:

—Quiero un Peter Pan.

—¿Lo lleva puesto?

—No, la boca.

Saqué los labios pegajosos del fondo de la cubeta.

—¿Los labios, de moda?

—Envuélvalos en el brassière.

—Y el brassière, ¿lo envuelvo en papel?

La vendedora hizo un trabajo vaporoso y me dio la prenda de seda. Abajo, como lo había intuido, la telefonista estaba estrangulada con las cuerdas negras de sus aparatos torturantes. Afuera, la raza de bronce se incrustaba a las aceras rotas, al medallón pesado, viejo al segundo, de baratijas y marquesinas.

—La llave del 1519, por favor.

—Aquí tiene, mi rorro color de nube.

Su juego a la despreocupación capitalina no podía ocultar los ojos en cuclillas, esperando intensamente. No era, esta lasitud inmóvil de los mexicanos, un descanso: es la tensión negra de una espera sin fin, de una pasión vertical, que se hunde y arrastra sin encontrar el canal de la energía.

—Guárdate tus piropos, hija mía.

Subí por las escaleras a mi cuarto de hotel, el cuarto 1519. Hoy, sentía una capacidad genial para todo. ¿Qué iba a hacer? Al dar la vuelta al pasillo, vi correr por él a una figura juvenil. Iba saltando con gravedad protocolaria, vestida de rumbera pero con ciertas decoraciones extrañas: las piernas tatuadas, una argolla en la nariz, el pelo, lacio y negro, pesado de aceite, o sangre... Cascabeles en los pies y las orejas. Un hedor insoportable surgía de toda su carne, y a la vez, invitaba a comulgar con él. Sus dientes afilados asomaban y cantaban en murmullos de un eco viejísimo.

—Acabo de recoger las piezas rotas de aquel anciano que asesinaste. ¿Por qué me das más labores de las necesarias?

Palidecí.

—No te asustes. Es mi deber recoger esos trozos sueltos de carroña y llevarlos, siempre, en mi bolsa de mano. Y estoy tan cansada, Oliverio. Y hay formas mejores de asesinar entre nosotros, ¡maldito Oliverio!, ¿por qué lo mataste de esta manera, para tu goce personal, sin tolerar el contacto de todos...?

—¿Cómo te llamas?

—Tlazol, supongo que para servir a usted...

Cortesía hipócrita, que nos mantiene en un balancín paralítico: "para servir a usted", "ésta es su casa", "estoy a su disposición"... Tomé su mano ardiente, y Tlazol se sonrojó, pero apretó, a su vez, la mía. La introduje en mi habitación, mientras la boca permanecía sospechosamente callada, en su envoltura voluptuosa de seda y goma. ¡Para servir a usted!

(Supongo que Tlazol dejó entreabierta la puerta de la recámara; apenas me di cuenta de ello unos minutos antes de las doce: ya un pie aparecía por la abertura, listo para saltar, seguido del séquito sin número de sus cofrades negros. Me eché contra la puerta, pero el pie no cedía; comencé a escuchar sus parlamentos, sin voz, suaves, adormilados, que se prolongaban en chusmas por la galería del hotel; hablaban entre risas y aullidos, de comunión, de salud, de rajarse, rajarse, rajarse, en tanto que los labios habían despertado del sueño discreto que les produjo la visita de Tlazol, y reían sin templanza. ¿Cómo defenderme? No entraban porque no querían. Y sus canciones, tan up-to-date *(la vida no vale nada, siempre se empieza llorando, llorando siempre se acaba…)* cuando yo los sabía, a todos, ancianos, con un pulso de piedra y ceniza en las bocas. Les bastaría empujar, a todos juntos —sí, los adivinaba en millares, sedientos de algo que yo podría ofrecer, pero dispuestos a una paciencia lenta y risueña. ¡Algo debería detenerlos! Mis fuerzas huyeron, grité, grité, ¿puedo persuadiros si no me escucháis? Todas las cosas… las cosas están naturalmente hechas para cambiar, alterarse, morir, a fin de producir otras que las sucedan…

¿por qué siguen allí, iguales a sí mismos, siempre, con sus corazones de metal? no saben, no saben que el hombre, que *yo* soy más fuerte que la naturaleza, porque ella es más fuerte que yo y no lo sabe oh, *les rapports natureles qui dérivent de la nature des choses,* si pudiera estar de pie ante ti, Naturaleza, simple hombre, *aber of Sand and a Heaven in a Wild Flower Hold infinity in the palm of your hand,* sí, eso es... *der Mensch will leben to see a World in a Grain,* no temas, no te entregaré a las aves de presa... te defiendo, yo, toda la cadena de columnas de mármol y flores silvestres y tempestades vencidas y papiros sangrantes y triunfos del espíritu y máquinas vivas que sólo funcionan gracias a Koenisberg. Toda la concurrencia invisible reía, a grandes carcajadas, tocaba guitarras, debía revolcarse en el suelo de risa; sus murmullos decían que mi letanía ya había sido encerrada por ellos —y regresaba a su prisión siempre que escapaba— en la tumba honda que reservan a todo el que pisa su suelo, tarde o temprano; los labios, todavía en su envoltura, cayeron de la silla al suelo, en un chillido incontenible, y el pie negro se retiró y pude cerrar, ya exhausto, la puerta.)

Tuve que salir inmediatamente, a respirar, a comprar una cajetilla. Saqué a la boca del paquete y la coloqué sobre mi solapa; como un azotador, allí se prendió a la lana. Por los pasillos del hotel, deambulaba Tlazol: no me quiso reconocer, y los labios aprovecharon mi distracción para saltar y apenas los vi, correteando por el tapete, meterse por la rendija de una puerta. ¡Horror, ingratitud! pensé. ¿Cómo seguirlos y vengarme…? Ya no era cuestión de tenerlos o admirarlos, sino de hacerles sentir el peso de mi voluntad… Abrí la puerta de una pieza oscura, busqué a tientas el contacto con las lámparas; no servían. A ciegas, hincado, de barriga, intento encontrar por el tapete la forma de los labios pulposos. ¿Dónde estaban? ¡No podía perderlos! ¡Era demasiado en un día!

—Aquí estoy, Oliverio —chilló la boca, silbando, desde un rincón.

Tropezando en la oscuridad, de hinojos, pegando la cabeza contra los muebles, hurgué entre el polvo. Los labios cayeron sobre mi cabeza, me golpeaban, chupaban el aire en mi nariz. Ya de pie, tiré sillas, derrumbé lámparas, y grité:

—¡No los encuentro, nunca los encontraré!

¡Yo no quería decir esto, al contrario, pensaba: no tardaré en hallarlos, aquí están…!

Y mi boca volvía a hablar, espumosa:
—¡No puedo irme; esa boca es mi vida!

¡Qué iba a serlo —un capricho nada más! Pero mi boca seguía hablando, retorciéndose, diciendo lo que no pensaba. Corrí a mi cuarto. Una banda de merolicos tocaba junto al carrusel del parque. Me detuve frente al espejo. Estaba triste, y lancé una carcajada. Mi aliento sabía a calcinación antiquísima. Mis labios se movieron.

—Eres mi prisionero, Oliverio. Tú piensas, pero yo hablo.

Es cierto —se decía Oliverio mientras bajaba, con premura, las escaleras— los labios eran gruesos, frescos, torcidos; son la boca de sangre, plasmada sobre la suya. Oliverio rasgaba la boca con sus uñas; los ojos, dos gotas de terror; pero la boca reía, reía, reía.

—¿No lo vas a creer, Oliverio? Tú piensas, yo, hablo.

Debía olvidar. Oliverio debía olvidar. Debía volver tarde, hasta el amanecer, y matar en el sueño esta locura y despertar refrescado en la mañana.

Sus movimientos, ya no eran suyos. La boca lo llevó por las calles, lo condujo a donde quiso. A los cenáculos literarios, al Jockey Club, a una sesión política, al Club de Banqueros, en todas partes aullando, insultando, escupiendo odio y sangre en los tapetes mullidos de estos bellos salones. Allí estaba Oliverio, en el centro del salón, agitando sus brazos, con una expresión de horror y vergüenza que no correspondía a la invectiva de sus labios amoratados...

"¡Payasos! ¿Dónde creen que están? ¿Suponen que impunemente pueden sentirse pasteles de vainilla sobre esta montaña de tortillas agusanadas? No se atrevan a hablar todo el día de la lucidez, como si la inteligencia fuera contagiosa, en un país oscuro, dinamitado de nervios y confusión; huérfanos, apócrifos: ¿por qué discursean sobre el clima del espíritu, sobre la conciencia de lo humano? ¡Cuidado!, ya vienen los monstruos a comérselos, en la noche, a oscuras: poetas sin poesía, críticos sin crítica, bardos del anuncio en tres minutos. Palpen sus músculos debajo de esas pesadas sotanas de inmortalidad, lechosos, fláccidos, hombres de pasta, de espina dorsal prestada, ¡descastados de ambas orillas: el dios griego los rechaza, el azteca se los comerá, se los comerá!… Ustedes, hombres gordos, de nalgas sin simetría, ratas sobre la escalera sin fin, dispuestos a todo, militando contra nada, ¡sepan del fracaso!, de la redención en él, siéntanse el último de los excrementos torcidos que generan las culebras de esta tierra de monolito seco: respétenlo todo, o viólenlo todo: todo será yermo, se convertirá en gelatina para las costillas sin vida de México, armazón suntuoso de la carne muerta, oscura, pantanosa que va chupando palabras y quehaceres, ¡nuestro destino es el fracaso: fuimos hechos a su semejanza, laboramos sin tregua para consumarlo, en él está nuestra obra, meta y realización! Hombres de buena fe: no valen aquí la conciliación y la reverencia, salvo como una expresión más de lo que ha de fracasar, tuercas enanas en el monstruo de piedra labrada de un país inútil, impotente, bien mostrenco que sólo subsiste mientras las fuerzas del éxito ajeno quieran respetarlo… Disfraces de Galilea, disfraces de Keynes, disfraces de Comte, disfraces de Fath y de Marx; todos los trituraremos, todos quedarán desnudos, y no habrá más ropa que la piedra y escama verde, la de pluma sangrienta y ópalo de nervios…"

Y entonces corrí fuera de los aposentos, ciego a las reacciones de aquellos hombres tan respetables, tan limpios, que en México se cuentan con los dedos de la mano. La boca era todo el motor; yo la seguía, prendido a ella, ya sin movimiento, como un bulto de tripas y piel.

—¡Ya me hacía falta un sistema nervioso al cual pegarme! —reía mi boca.

Volvimos al hotel. La boca me detuvo frente al ascensor. Ya iba a quebrar el alba. No quería subir en el aparato, pero no tuve remedio. Penetramos en él, y la boca ordenó: "Pique el último botón". El elevadorista se mostró reacio: "Nunca ha bajado hasta allá este elevador, señor". La boca insistía, y por fin ella misma puso mi dedo sobre el botón: descendimos, sin ruido, envueltos en viento musical, la puerta se abrió y un líquido parduzco entró en la jaula: este sótano, inundado, negro, olía a sudario, y pronto las luces y el ruido furioso le invadieron. Temblando, en un rincón de la jaula mecánica, grité espantado: por el largo subterráneo transitaban todos, con sus sonrisas petrificadas, en un sueño de momias sin sepultura: Tepoyollotl, enorme corazón de tierra, vomitando fuego, arrastrándose por los charcos con sus brazos de ventrículo de goma; Mayauel, borracha, la cara pintada y los dientes amarillos; Tezcatlipoca, un vidrio de humos congelados en la noche; Izpapalotl seguida de una corte de mariposas apuñaladas; el doble en una galería de azogue, sombra de todas las sombras, Xolotl; sus plumas ennegrecidas de carbón y de un serpear sin tiempo entre los hacinamientos, Quetzalcóatl. Por las paredes, enredado en sus babas, subía el caracol, Tecciztecatl. Con hálito de nieve, un camaleón blanco devoraba el lodo, y la cabeza de los muertos brillaba al fondo, prisionera del flujo de los desperdicios, chirriando el canto de las guacamayas. Sobre el trono de tierra, silente y grávida, convirtiéndose en polvo negro, la Vieja Princesa de este sótano, Ilamatecuhtli, su faz raída por un velo de dagas. Los cuerpos devorados se sabían confundidos en el sedimento pulposo del lago.

Un ejército de mariposas rojas había arrastrado al elevadorista desmayado hasta el centro del lago; ahora regresaban, a recogerme a mí. "¡Vamos, Oliverio, a la comunión, a redimirte!", gritaron mis labios, mientras mi cuerpo, en su último esfuerzo, apretaba todos los timbres del ascensor, hasta que la puerta se cerró y subimos, lejos de la jauría, de su incesante cantar de pájaros sin alas.

Iba a amanecer. Quise desvestirme cuando unas uñas rascaron la puerta. Era Tlazol, pidiendo que le abriera.

—No puedo más, Tlazol. Otro día, por favor... hoy ya no...

Su voz, queda, murmuró:

—Ni modo, yo creí que eras muy macho.

¡Éste era el último insulto! Me habían arrebatado la dignidad, la posición social, la cortesía, mi voluntad entera, ¡ahora, acabarían por matar mi sexo! Abrí la puerta de par en par: Tlazol en traje de ceremonias, cargada de joyas gruesas y serpientes, avanzó a abrazarme: mi boca reía dislocada. Tlazol cerró la puerta con llave, sus labios se acercaron a los míos, y a mordiscos arrancó su carne. En la mano de la Diosa brillaba un puñal opaco; lenta, lenta, lo acercó a mi corazón. La carne de los labios yacía, gimiendo espantosamente, en el suelo.

Los labios gritaban, casi en suspiro:

—Huye, Oliverio, huye... No quise llegar hasta este punto... yo también creo... ¡Oh, por qué me arrancaste de la contemplación!...

Tlazol me abrazó en un espasmo sin suspiros. El puñal quedó allí, en mi centro, como un pivote loco, girando solo mientras ella abría la puerta a la caravana de ruidos minuciosos, de alas y culebras, que se amasaban en el pasillo, y las guitarras torcidas y las voces internas cantaban.

Letanía de la orquídea

—Mira, ve: ya empezó el invierno.

De las espaldas del cielo caía sobre Panamá un torrente de filos claros que escurrían, de la tierra herida en las calles adyacentes, a la Vía España. En la frontera de asfalto las aguas turbias se arrinconaban desorientadas, temiendo sin conciencia la succión del drenaje. Respiración lejana de la ciudad, marcha de rumores, quedaba suspendida en el vapor de las aceras, en el occipucio de las palmas, en los cuerpos estacionados bajo los toldos.

Luz visceral, amarilla como la lluvia al abrazar el polvo. Muriel despertó, eran las doce del día. Las ventanas abiertas se mecían hasta formar una esdrújula reticente; las sábanas caían pesadas sobre su cuerpo. Sombra corta de las patas de la mesa, y el silencio dominaba la tos del hombre. Ana ya no estaba; quizá volvería en la tarde, mojada, a pasearse en su cáscara floja.

Muriel extendió los brazos y colocó sus manos sobre la cabeza. Entre los minutos, moscas verdes visitaban el mapa gris de su torso, y los sobacos vencían al aire. Vacío: sólo observaba las lejanas colinas, recortadas por la

navaja oscura del día. Ni un pájaro, ni un pre-
sagio. Únicamente tiempo enredado en la
maraña de electricidad. Jugaba con lentitud a
la jitanjáfora: el país estaba poblado de ellas,
eran como sus pies…

Alanje, Guararé, Macaracas, Arraiján,
Chiriquí.

Sambu, Chitré, Penonomé.

Chicán, Cocolí, Portogandí… Ese
ritmo era una defensa.

Cuando escampó, Muriel se levantó
con la frente empapada. Fue al clóset a buscar
sus zapatos; estaban cubiertos de un limo
verde, igual que sus libros, reblandecidos, re-
sistiéndose a que se les leyera. En un plato,
quedaban cubos de hielo agonizantes; los colocó sobre su pescuezo, y apretó duro, hasta
que le volvió la tos. Cerca de las ventanas, las
plantas jaspeadas volvían a hincharse, sus brazos abiertos picoteados de rojo. Con ellas, re-
nacían el sol y el lento pulular: diástole
paralítica de la Avenida Central, línea de la
vida divergente, disparada por las hojas frági-
les sobre los quioscos de Santa Ana, ahogada
en un raspado de limón, manos en las dos
orillas de la Zona del Canal, estirando los nervios hasta no alcanzarse. Los murmullos tor-
naban a la cabeza de Muriel con el cuentagotas
del sudor.

En ese momento, sintió Muriel la co-
mezón en la rabadilla. Rascarla, la acrecen-
taba. Era algo más… una bola que parecía

cobrar autonomía del resto del cuerpo. Una sed de magia, o de medicina, le hizo saltar de la cama, ¡quién sabe qué gárgolas tropicales podrían invadirlo todo, fabricadas de carne, pero, como las otras, pétreas en su espíritu y su risa permanente! Era el día, el día que en una mueca alegre reservaba la tiniebla y la cancelación. Habría que esperar la noche para reconquistar los testimonios, para sentir la luz y derramarla con ritmo. En la noche estaba la permanencia: la cumbia fijaba, el tamborito, copa de latidos vertiente, el eco incesante de los vasos, eliminaban el tránsito sin fin que en silencio corría durante el sol. En la noche, había tiempo entre los adioses.

¡Maldita humedad! Los dedos le resbalaron sobre la hinchazón, no era posible apresarla y rascar. Y crecía, crecía hasta estallar, medallón de poros líquidos. Muriel se desnudó, y con la nuca torcida, fue a reflejarse de espaldas al cristal. Ya no era posible rascar sin ultrajes, y al minuto, sin quebrar: los pétalos de amarillo y violeta, el metal informe del polen, el tallo bulboso: había nacido una orquídea, perfecta, de abandonada simetría, lánguida en su indiferencia al terreno de germinación.

Orquídeas en la rabadilla. Sentía que el paisaje lo mamaba con dientes de alfiler, hundiendo las raíces del suelo en su piel, amasando su cerebro contra la roca hasta hacer de sus ojos un risco ciego.

Pero había problemas prácticos a los cuales atender. ¿Cómo ponerse los pantalones? ¿La flor, convertida en pasta? Del tallo de la orquídea al centro de sus nervios corría un dictado que soldaba la vida de la flor a la suya propia. No tuvo más remedio que recortar un círculo en la parte trasera del pantalón, para que la orquídea brotara públicamente por él. Así decorado, no tuvo empacho en salir a la calle: hay formas del prestigio que lo abarcan todo. A varios meses del Carnaval, quizá se le confundió con una condición suspensiva; acaso, se le consideró una nueva modalidad de la alegría. El hecho es que la orquídea paseó, en un vaivén gracioso, ante la mirada blanca de los bazares hindúes, entre las faldas tensas y las blusas moradas de los negros de Calidonia, sin más furia que el ojo de una serpiente. Horas y horas, en un paseo caluroso que no parecía mermar la fresca galanura de la flor. En la cantina del Coco Pelao, Muriel la roció de pipa; la flor cambió de colores, pero se esponjó gozosa, sus pétalos abrazaron las nalgas del hombre, lo sacaron de la cantina, lo empujaron hasta las puertas del *Happyland.* Esa noche, bailó Muriel como nunca; la orquídea marcaba el son, sus savias corrían hasta los talones del danzarín, subían al plexo, lo arrastraban de rodillas, lo agitaban en un llanto seco y rabioso. De la raíz de la orquídea salían chillando ondas tensas como una letanía ¡Chimbombó! ¡Chimbombó!

¡Chimbombó! cierra mis heridas,
    junta mis manos,
erendoró, cicatriza mi vagina, detén
    las horas,
dame un porvenir
dame una lágrima Chimbombó, detén
    mi risa
apresura mi fantasma,
hazme la quietud
déjame hablar español,
alambó,
mata el ritmo para que me cree, une
    mis pulmones,
llena de tierra y flores las esclusas,
no me vendas por la luna, haz de mis
    uñas puentes,
quítame el tatuaje de estrellas,

¡Chimbombó!
Así gemía la orquídea, y todos —marineros verdes, turistas, mulatas de conos rebotantes— admiraban la belleza triste de la flor, sus movimientos de cosquilla, sus cambios de color con cada pieza musical. ¡La orquídea era un tesoro, plantado hoy en el invernadero de su rabadilla, pero...! Si ésta había florecido, ¿por qué no podrían germinar más, y más, únicas, en mutaciones sin límite? Orquídeas que saldrían congeladas, en avión, a las mil ciudades donde aún quedara una mujer con fe en las insinuaciones corteses.

Muriel salió corriendo del *Happyland*, jadeante, sin parar hasta su casa. Ana no había regresado. Poco importaba. Rápidamente, se desnudó y tomó la navaja; sin vacilación cortó de un tajo la orquídea y la plantó en un vaso de agua. Del hueso apenas brotaba un muñón verde.

¡Primera de la cosecha, a veinte dólares cada una! No le quedaba sino esperar, tendido en la cama, a que diariamente, entre doce y dos, floreciera una nueva. Acaso nacerían multiplicadas —cuarenta, ochenta, cien dólares diarios.

Y entonces, sin aviso, del lugar exacto en que la flor había sido cercenada, brotó una estaca ríspida y astillosa. Muriel ya no pudo gritar; con un chasquido desgarrante, la estaca irrumpió entre sus piernas y ya aceitada de sangre, corrió, rajante, por las entrañas del hombre, devorando sus nervios, lenta y ciega, quebrando en cristales el corazón. Ya no hablar, ya no describir. Y allí amaneció Muriel, partido por la mitad, empalado, sus brazos crispados en dos direcciones. Los pétalos de la orquídea marchita en el vaso seco, reflejaban en los ojos muertos de Muriel un lento oleaje de luz.

Afuera, entre las preposiciones, Panamá se colgaba de los dientes a su propio ser. *Pro Mundi Beneficio.*

La muñeca reina

A María Pilar y José Donoso

I

Vine porque aquella tarjeta, tan curiosa, me hizo recordar su existencia. La encontré en un libro olvidado cuyas páginas habían reproducido un espectro de la caligrafía infantil. Estaba acomodando, después de mucho tiempo de no hacerlo, mis libros. Iba de sorpresa en sorpresa, pues algunos, colocados en las estanterías más altas, no fueron leídos durante mucho tiempo. Tanto, que el filo de las hojas se había granulado, de manera que sobre mis palmas abiertas cayó una mezcla de polvo de oro y escama grisácea, evocadora del barniz que cubre ciertos cuerpos entrevistos primero en los sueños y después en la decepcionante realidad de la primera función de ballet a la que somos conducidos. Era un libro de mi infancia —acaso de la de muchos niños— y relataba una serie de historias ejemplares más o menos truculentas que poseían la virtud de arrojarnos sobre las rodillas de nuestros mayores para preguntarles, una y otra vez, ¿por qué? Los hijos que son desagradecidos con sus padres, las mozas que son raptadas por caballerangos y regresan avergonzadas a la casa, así como las que de buen grado abandonan el hogar, los viejos que a cambio de una hipoteca vencida exigen la mano de la muchacha más dulce y adolorida de la familia amenazada, ¿por qué? No recuerdo las respuestas. Sólo sé que de entre las páginas manchadas cayó, revoloteando, una tarjeta blanca con la letra atroz de Amilamia: *Amilamia no olbida a su amigito y me buscas aquí como te lo divujo.*

Y detrás estaba ese plano de un sendero que partía de la X que debía indicar, sin duda, la banca del parque donde yo, adolescente rebelde a la educación prescrita y tediosa, me olvidaba de los horarios de clase y pasaba varias horas leyendo libros que, si no fueran escritos por mí, me lo parecían: ¿cómo iba a dudar que sólo de mi imaginación podían surgir todos esos corsarios, todos esos correos del zar, todos esos muchachos, un poco más jóvenes que yo, que bogaban el día entero sobre una barcaza a lo largo de los grandes ríos americanos? Prendido al brazo de la banca como a un arzón milagroso, al principio no escuché los pasos ligeros que, después de correr sobre la grava del jardín se detenían a mis espaldas. Era Amilamia y no supe cuánto tiempo me habría acompañado en silencio si su espíritu travieso, cierta tarde, no hubiese optado por hacerme cosquillas en la oreja con los vilanos de un amargón que la niña soplaba hacia mí con los labios hinchados y el ceño fruncido.

Preguntó mi nombre y después de considerarlo con el rostro muy serio, me dijo el suyo con una sonrisa, si no cándida, tampoco demasiado ensayada. Pronto me di cuenta que Amilamia había encontrado, por así decirlo, un punto intermedio de expresión entre la ingenuidad de sus años y las formas de mímica adulta que los niños bien educados deben conocer, sobre todo para los momentos solemnes de la presentación y la despedida. La gravedad de Amilamia, más bien, era un don de su naturaleza, al grado de que sus momentos de espontaneidad, en contraste, parecían aprendidos. Quiero recordarla, una tarde y otra, en una sucesión de imágenes fijas que acaban por sumar a Amilamia entera. Y no deja de sorprenderme que no pueda pensar en ella como realmente fue, o como en verdad se movía, ligera, interrogante, mirando de un lado a otro sin cesar. Debo recordarla detenida para siempre, como en un álbum. Amilamia a lo lejos, un punto en el lugar donde la loma caía, desde un lago de tréboles, hacia el prado llano donde yo leía sentado sobre la banca: un punto de sombra y sol fluyentes y una mano que me saludaba desde allá arriba. Amilamia detenida en su carrera loma abajo, con la falda blanca esponjada y los calzones de florecillas apretados con ligas alrededor de los muslos, con la boca abierta y los ojos entrecerrados porque la carrera agitaba el aire y la niña lloraba de gusto. Amilamia sentada bajo los eucaliptos, fingiendo un llanto para que yo me acercara a ella. Amilamia boca abajo con una flor entre las manos: los pétalos de un amento que, descubrí más tarde, no crecía en este jardín, sino en otra parte, quizá en el jardín de la casa de Amilamia, pues la única bolsa de su delantal de cuadros azules venía a menudo llena de esas flores blancas. Amilamia viéndome leer, detenida con ambas manos a los barrotes de la banca verde, inquiriendo con los ojos grises: recuerdo que nunca me preguntó qué cosa leía, como si pudiese adivinar en mis ojos las imágenes nacidas de las páginas. Amilamia riendo con placer cuando yo la levantaba del talle y la hacía girar sobre mi cabeza y ella parecía descubrir otra perspectiva del mundo en ese vuelo lento. Amilamia dándome la espalda y despidiéndose con el brazo en alto y los dedos alborotados. Y Amilamia en las mil posturas que adoptaba alrededor de mi banca: colgada de cabeza, con las piernas al aire y los calzones abombados; sentada sobre la grava, con las piernas cruzadas y la barbilla apoyada en el mentón; recostada sobre el pasto, exhibiendo el ombligo al sol; tejiendo ramas de los árboles, dibujando animales en el lodo con una vara, lamiendo los barrotes de la banca, escondida bajo el asiento, quebrando sin hablar las cortezas sueltas de los troncos añosos, mirando fijamente el horizonte más allá de la colina, canturreando con los ojos cerrados, imitando las voces de pájaros, perros, gatos, gallinas, caballos. Todo para mí, y sin embargo, nada. Era su manera de estar conmigo, todo esto que recuerdo, pero también su manera de estar a solas en el parque. Sí; quizá la recuerdo fragmentariamente porque mi lectura alternaba con la contemplación de la niña mofletuda, de cabello liso y cambiante con los reflejos de la luz: ora pajizo, ora de un castaño quemado. Y sólo hoy pienso que Amilamia, en ese momento, establecía el otro punto de apoyo para mi vida, el que creaba la tensión entre mi propia infancia irresuelta y el mundo abierto, la tierra prometida que empezaba a ser mía en la lectura.

Entonces no. Entonces soñaba con las mujeres de mis libros, con las hembras —la palabra me trastornaba— que asumían el disfraz de la Reina para comprar el collar en secreto, con las invenciones mitológicas —mitad seres reconocibles, mitad salamandras de pechos blancos y vientres húmedos— que esperaban a los monarcas en sus lechos. Y así, imperceptiblemente, pasé de la indiferencia hacia mi compañía infantil a una aceptación de la gracia y gravedad de la niña, y de allí a un rechazo impensado de esa presencia inútil. Acabó por irritarme, a mí que ya tenía catorce años, esa niña de siete que no era, aún, la memoria y su nostalgia, sino el pasado y su actualidad. Me había dejado arrastrar por una flaqueza. Juntos habíamos corrido, tomados

de la mano, por el prado. Juntos habíamos
sacudido los pinos y recogido las piñas que
Amilamia guardaba con celo en la bolsa del
delantal. Juntos habíamos fabricado barcos de
papel para seguirlos, alborozados, al borde de
la acequia. Y esa tarde, cuando juntos roda-
mos por la colina, en medio de gritos de alegría, y al pie de ella caímos juntos, Amilamia
sobre mi pecho, yo con el cabello de la niña
en mis labios, y sentí su jadeo en mi oreja y sus
bracitos pegajosos de dulce alrededor de mi
cuello, le retiré con enojo los brazos y la dejé
caer. Amilamia lloró, acariciándose la rodilla y
el codo heridos, y yo regresé a mi banca.
Luego Amilamia se fue y al día siguiente regresó, me entregó el papel sin decir palabra y
se perdió, canturreando, en el bosque. Dudé
entre rasgar la tarjeta o guardarla en las páginas del libro. *Las tardes de la granja.* Hasta mis
lecturas se estaban infantilizando al lado de
Amilamia. Ella no regresó al parque. Yo, a los
pocos días, salí de vacaciones y después regresé
a los deberes del primer año de bachillerato.
Nunca la volví a ver.

II

Y ahora, casi rechazando la imagen que es
desacostumbrada sin ser fantástica y por ser
real es más dolorosa, regreso a ese parque olvidado y, detenido ante la alameda de pinos y

eucaliptos, me doy cuenta de la pequeñez del recinto boscoso, que mi recuerdo se ha empeñado en dibujar con una amplitud que pudiera dar cabida al oleaje de la imaginación. Pues aquí habían nacido, hablado y muerto Strogoff y Huckleberry, Milady de Winter y Genoveva de Brabante: en un pequeño jardín rodeado de rejas mohosas, plantado de escasos árboles viejos y descuidados, adornado apenas con una banca de cemento que imita la madera y que me obliga a pensar que mi hermosa banca de hierro forjado, pintada de verde, nunca existió o era parte de mi ordenado delirio retrospectivo. Y la colina… ¿Cómo pude creer que era eso, el promontorio que Amilamia bajaba y subía durante sus diarios paseos, la ladera empinada por donde rodábamos juntos? Apenas una elevación de zacate pardo sin más relieve que el que mi memoria se empeñaba en darle.

Me buscas aquí como te lo divujo. Entonces habría que cruzar el jardín, dejar atrás el bosque, descender en tres zancadas la elevación, atravesar ese breve campo de avellanos —era aquí, seguramente, donde la niña recogía los pétalos blancos—, abrir la reja rechinante del parque y súbitamente recordar, saber, encontrarse en la calle, darse cuenta de que todas aquellas tardes de la adolescencia, como por milagro, habían logrado suspender los latidos de la ciudad circundante, anular esa marea de pitazos, campanadas,

voces, llantos, motores, radios, imprecacio-
nes: ¿cuál era el verdadero imán: el jardín silencioso o la ciudad febril? Espero el cambio
de luces y paso a la otra acera sin dejar de
mirar el iris rojo que detiene el tránsito. Con-
sulto el papelito de Amilamia. Al fin y al
cabo, ese plano rudimentario es el verdadero
imán del momento que vivo, y sólo pensarlo
me sobresalta. Mi vida, después de las tardes
perdidas de los catorce años, se vio obligada
a tomar los cauces de la disciplina y ahora, a
los veintinueve, debidamente diplomado,
dueño de un despacho, asegurado de un in-
greso módico, soltero aún, sin familia que
mantener, ligeramente aburrido de acostarme
con secretarias, apenas excitado por alguna
salida eventual al campo o a la playa, carecía
de una atracción central como las que antes
me ofrecieron mis libros, mi parque y Amilamia. Recorro la calle de este suburbio chato y
gris. Las casas de un piso de suceden monótonamente, con sus largas ventanas enrejadas
y sus portones de pintura descascarada. Apenas el rumor de ciertos oficios rompe la uni-
formidad del conjunto. El chirreo de un
afilador aquí, el martilleo de un zapatero allá.
En las cerradas laterales, juegan los niños del
barrio. La música de un organillo llega a mis
oídos, mezclada con las voces de las rondas.
Me detengo un instante a verlos, con la sen-
sación, también fugaz, de que entre esos gru-
pos de niños estaría Amilamia, mostrando

impúdicamente sus calzones floreados, colgada de las piernas desde un balcón, afecta siempre a sus extravagancias acrobáticas, con la bolsa del delantal llena de pétalos blancos. Sonrío y por vez primera quiero imaginar a la señorita de veintidós años que, si aún vive en la dirección apuntada, se reirá de mis recuerdos o acaso habrá olvidado las tardes pasadas en el jardín.

La casa es idéntica a las demás. El portón, dos ventanas enrejadas, con los batientes cerrados. Un solo piso, coronado por un falso barandal neoclásico que debe ocultar los menesteres de la azotea: la ropa tendida, los tinacos de agua, el cuarto de criados, el corral. Antes de tocar el timbre, quiero desprenderme de cualquier ilusión. Amilamia ya no vive aquí. ¿Por qué iba a permanecer quince años en la misma casa? Además, pese a su independencia y soledad prematuras, parecía una niña bien educada, bien arreglada, y este barrio ya no es elegante; los padres de Amilamia, sin duda, se han mudado. Pero quizá los nuevos inquilinos saben a dónde.

Aprieto el timbre y espero. Vuelvo a tocar. Ésa es otra contingencia: que nadie esté en casa. Y yo, ¿sentiré otra vez la necesidad de buscar a mi amiguita? No, porque ya no será posible abrir un libro de la adolescencia y encontrar, al azar, la tarjeta de Amilamia. Regresaría a la rutina, olvidaría el momento que sólo importaba por su sorpresa fugaz.

Vuelvo a tocar. Acerco la oreja al portón y me siento sorprendido: una respiración ronca y entrecortada se deja escuchar del otro lado; el soplido trabajoso, acompañado por un olor desagradable a tabaco rancio, se filtra por los tablones resquebrajados del zaguán:

—Buenas tardes. ¿Podría decirme…?

Al escuchar mi voz, la persona se retira con pasos pesados e inseguros. Aprieto de nuevo el timbre, esta vez gritando:

—¡Oiga! ¡Ábrame! ¿Qué le pasa? ¿No me oye?

No obtengo respuesta. Continuó tocando el timbre, sin resultados. Me retiro del portón, sin alejar la mirada de las mínimas rendijas, como si la distancia pudiese darme perspectiva e incluso penetración. Con toda la atención fija en esa puerta condenada, atravieso la calle caminando hacia atrás; un grito agudo me salva a tiempo, seguido de un pitazo prolongado y feroz, mientras yo, aturdido, busco a la persona cuya voz acaba de salvarme, sólo veo el automóvil que se aleja por la calle y me abrazo a un poste de luz, a un asidero que, más que seguridad, me ofrece un punto de apoyo para el paso súbito de la sangre helada a la piel ardiente, sudorosa. Miro hacia la casa que fue, era, debía ser la de Amilamia. Allá, detrás de la balaustrada, como lo sabía, se agita la ropa tendida. No sé qué es lo demás: camisones, pijamas, blusas, no sé; yo veo ese pequeño delantal de cuadros azules, tieso, prendido con pinzas al largo cordel que se mece entre una barra de fierro y un clavo del muro blanco de la azotea.

III

En el Registro de la Propiedad me han dicho que ese terreno está a nombre de un señor R. Valdivia, que alquila la casa. ¿A quién? Eso no lo saben. ¿Quién es Valdivia? Ha declarado ser comerciante. ¿Dónde vive? ¿Quién es usted?, me ha preguntado la señorita con una curiosidad altanera. No he sabido presentarme calmado y seguro. El sueño no me alivió de la fatiga nerviosa. Valdivia. Salgo del Registro y el sol me ofende. Asocio la repugnancia que me provoca el sol brumoso y tamizado por las nubes bajas —y por ello más intenso— con el deseo de regresar al parque sombreado y húmedo. No, no es más que el deseo de saber si Amilamia vive en esa casa y por qué se me niega la entrada. Pero lo que debo rechazar, cuanto antes, es la idea absurda que no me permitió cerrar los ojos durante la noche. Haber visto el delantal secándose en la azotea, el mismo en cuya bolsa guardaba las flores, y creer por ello que en esa casa vivía una niña de siete años que yo había conocido hace catorce o quince antes… Tendría una hijita. Amilamia, a los veintidós años, era madre de una niña que quizá se vestía igual, se parecía a ella, repetía los mismos juegos, ¿quién sabe?, iba al mismo parque. Y cavilando llego de nuevo hasta el portón de la casa. Toco el timbre y espero el resuello agudo del otro lado de la puerta. Me he equivocado. Abre la puerta una mujer que no tendrá más de cincuenta años. Pero envuelta en un chal, vestida de negro y con zapatos de tacón bajo, sin maquillaje, con el pelo estirado hasta la nuca, entrecano, parece haber abandonado toda ilusión o pretexto de juventud y me observa con ojos casi crueles de tan indiferentes.

—¿Deseaba?

—Me envía el señor Valdivia. —Toso y me paso la mano por el pelo. Debí recoger mi cartapacio en la oficina. Me doy cuenta de que sin él no interpretaré bien mi papel.

—¿Valdivia? —La mujer me interroga sin alarma; sin interés.

—Sí. El dueño de la casa.

Una cosa es clara: la mujer no delatará nada en el rostro. Me mira impávida.

—Ah sí. El dueño de la casa.

—¿Me permite?…

Creo que en las malas comedias el agente viajero adelanta un pie para impedir que le cierren la puerta en las narices. Yo lo hago, pero la señora se aparta y con un gesto de la mano me invita a pasar a lo que debió ser una cochera. Al lado hay una puerta de cristal y madera despintada. Camino hacia ella, sobre los azulejos amarillos del patio de entrada, y vuelvo a preguntar, dando la cara a la señora que me sigue con paso menudo: —¿Por aquí?

La señora asiente y por primera vez observo que entre sus manos blancas lleva una camándula con la que juguetea sin cesar. No he vuelto a ver esos viejos rosarios desde mi infancia y quiero comentarlo, pero la manera brusca y decidida con que la señora abre la puerta me impide la conversación gratuita. Entramos a un aposento largo y estrecho. La señora se apresura a abrir los batientes, pero la estancia sigue ensombrecida por cuatro plantas perennes que crecen en los macetones de porcelana y vidrio incrustado. Sólo hay en la sala un viejo sofá de alto respaldo enrejado de bejuco y una mecedora. Pero no son los escasos muebles o las plantas lo que llama mi atención. La señora me invita a tomar asiento en el sofá antes de que ella lo haga en la mecedora.

A mi lado, sobre el bejuco, hay una revista abierta.

—El señor Valdivia se excusa de no haber venido personalmente.

La señora se mece sin pestañear. Miro de reojo esa revista de cartones cómicos.

—La manda saludar y...

Me detengo, esperando una reacción de la mujer. Ella continúa meciéndose. La revista está garabateada con un lápiz rojo.

—...y me pide informarle que piensa molestarla durante unos cuantos días...

Mis ojos buscan rápidamente.

—…Debe hacerse un nuevo avalúo de la casa para el catastro. Parece que no se hace desde… ¿Ustedes llevan viviendo aquí…?

Sí; ese lápiz labial romo está tirado debajo del asiento. Y si la señora sonríe lo hace con las manos lentas que acarician la camándula: allí siento, por un instante, una burla veloz que no alcanza a turbar sus facciones. Tampoco esta vez me contesta.

—…¿por lo menos quince años, no es cierto…?

No afirma. No niega. Y en sus labios pálidos y delgados no hay la menor señal de pintura…

—…¿usted, su marido y…?

Me mira fijamente, sin variar la expresión, casi retándome a que continúe. Permanecemos un instante en silencio, ella jugueteando con el rosario, yo inclinado hacia adelante, con las manos sobre las rodillas. Me levanto.

—Entonces, regresaré esta misma tarde con mis papeles…

La señora asiente mientras, en silencio, recoge el lápiz labial, toma la revista de caricaturas y los esconde entre los pliegues del chal.

IV

La escena no ha cambiado. Esta tarde, mientras yo apunto cifras imaginarias en un cuaderno y finjo interés en establecer la calidad de las tablas opacas del piso y la extensión de la estancia, la señora se mece y roza con las yemas de los dedos los tres dieces del rosario. Suspiro al terminar el supuesto inventario de la sala y le pido que pasemos a otros lugares de la casa. La señora se incorpora, apoyando los brazos largos y negros sobre el asiento de la mecedora y ajustándose el chal a las espaldas estrechas y huesudas.

Abre la puerta de vidrio opaco y entramos a un comedor apenas más amueblado. Pero la mesa con patas de tubo, acompañada de cuatro sillas de níquel y hulespuma, ni siquiera poseen el barrunto de distinción de los muebles de la sala. La otra ventana enrejada, con los batientes cerrados, debe iluminar en ciertos momentos este comedor de paredes desnudas, sin cómodas ni repisas. Sobre la mesa sólo hay un frutero de plástico con un racimo de uvas negras, dos melocotones y una corona zumbante de moscas. La señora, con los brazos cruzados y el rostro inexpresivo, se detiene detrás de mí. Me atrevo a romper el orden: es evidente que las estancias comunes de la casa nada me dirán sobre lo que deseo saber.

—¿No podríamos subir a la azotea? —pregunto—. Creo que es la mejor manera de cubrir la superficie total.

La señora me mira con un destello fino y contrastado, quizás, con la penumbra del comedor.

—¿Para qué? —dice, por fin—. La extensión la sabe bien el señor… Valdivia…

Y esas pausas, una antes y otra después del nombre del propietario, son los primeros indicios de que algo, al cabo, turba a la señora y la obliga, en defensa, a recurrir a cierta ironía.

—No sé —hago un esfuerzo por sonreír—. Quizás prefiero ir de arriba hacia abajo y no… —mi falsa sonrisa se va derritiendo— … de abajo hacia arriba.

—Usted seguirá mis indicaciones —dice la señora con los brazos cruzados sobre el regazo y la cruz de plata sobre el vientre oscuro.

Antes de sonreír débilmente, me obligo a pensar que en la penumbra mis gestos son inútiles, ni siquiera simbólicos. Abro con un crujido de la pasta el cuaderno y sigo anotando con la mayor velocidad posible, sin apartar la mirada, los números y apreciaciones de esta tarea cuya ficción —me lo dice el ligero rubor de las mejillas, la definida sequedad de la lengua— no engaña a nadie. Y al llenar la página cuadriculada de signos absurdos, de raíces cuadradas y fórmulas algebraicas, me pregunto qué cosa me impide ir al grano, preguntar por Amilamia y salir de aquí con una respuesta satisfactoria. Nada. Y sin embargo, tengo la certeza de que por ese camino, si bien obtendría una respuesta, no sabría la verdad. Mi delgada y silenciosa acompañante tiene una silueta que en la calle no me detendría a contemplar, pero que en esta casa de mobiliario ramplón y habitantes ausentes, deja de ser un rostro anónimo de la ciudad para convertirse en un lugar común del misterio. Tal es la paradoja, y si las memorias de Amilamia han despertado otra vez mi apetito de imaginación, seguiré las reglas del juego, agotaré las apariencias y no reposaré hasta encontrar la respuesta —quizás simple y clara, inmediata y evidente— a través de los inesperados velos que la señora del rosario tiende en mi camino. ¿Le otorgo a mi anfitriona renuente una extrañeza gratuita? Si es así, sólo gozaré más en los laberintos de mi invención. Y las moscas zumban alrededor del frutero, pero se posan sobre ese punto herido del melocotón, ese trozo mordisqueado —me acerco con el pretexto de mis notas— por unos dientecillos que han dejado su huella en la piel aterciopelada y la carne ocre de la fruta. No miro hacia donde está la señora. Finjo que sigo anotando. La fruta parece mordida pero no tocada. Me agacho para verla mejor, apoyo las manos sobre la mesa, adelanto los labios como si quisiera repetir el acto de morder sin tocar. Bajo los ojos y veo otra huella cerca de mis pies: la de dos llantas que me parecen de bicicleta, dos tiras de goma impresas sobre el piso de madera despintada que llegan hasta el filo de la mesa y luego se retiran, cada vez más débiles, a lo largo del piso, hacia donde está la señora...

Cierro mi libro de notas.

—Continuemos, señora.

Al darle la cara, la encuentro de pie con las manos sobre el respaldo de una silla. Delante de ella, sentado, tose el humo de su cigarrillo negro un hombre de espaldas cargadas y mirar invisible: los ojos están escondidos por esos párpados arrugados, hinchados, gruesos y colgantes, similares a un cuello de tortuga vieja, que no obstante parecen seguir mis movimientos. Las mejillas mal afeitadas, hendidas por mil surcos grises, cuelgan de los pómulos salientes y las manos verdosas están escondidas entre las axilas: viste una camisa burda, azul, y su pelo revuelto semeja, por lo rizado, un fondo de barco cubierto de caramujos. No se mueve y el signo real de su existencia es ese jadeo difícil (como si la respiración debiera vencer los obstáculos de una y otra compuerta de flema, irritación, desgaste) que ya había escuchado entre los resquicios del zaguán.

Ridículamente, murmuró: —Buenas tardes… —y me dispongo a olvidarlo todo: el misterio, Amilamia, el avalúo, las pistas. La aparición de este lobo asmático justifica una pronta huida. Repito "Buenas tardes", ahora en son de despedida. La máscara de la tortuga se desbarata en una sonrisa atroz: cada poro de esa carne parece fabricado de goma quebradiza, de hule pintado y podrido. El brazo se alarga y me detiene.

—Valdivia murió hace cuatro años —dice el hombre con esa voz sofocada, lejana, situada en las entrañas y no en la laringe: una voz tipluda y débil.

Arrestado por esa garra fuerte, casi dolorosa, me digo que es inútil fingir. Los rostros de cera y caucho que me observan nada dicen y por eso puedo, a pesar de todo, fingir por última vez, inventar que me hablo a mí mismo cuando digo:

—Amilamia...

Sí: nadie habrá de fingir más. El puño que aprieta mi brazo afirma su fuerza sólo por un instante, en seguida afloja y al fin cae, débil y tembloroso, antes de levantarse y tomar la mano de cera que le tocaba el hombro: la señora, perpleja por primera vez, me mira con los ojos de un ave violada y llora con un gemido seco que no logra descomponer el azoro rígido de sus facciones. Los ogros de mi invención, súbitamente, son dos viejos solitarios, abandonados, heridos, que apenas pueden confortarse al unir sus manos con un estremecimiento que me llena de vergüenza. La fantasía me trajo hasta este comedor desnudo para violar la intimidad y el secreto de dos seres expulsados de la vida por algo que yo no tenía el derecho de compartir. Nunca me he despreciado tanto. Nunca me han faltado las palabras de manera tan burda. Cualquier gesto es vano: ¿voy a acercarme, voy a tocarlos, voy a acariciar la cabeza de la señora, voy a pedir excusas por mi intromisión? Me guardo el libro de notas en la bolsa del saco. Arrojo al olvido todas las pistas de mi historia policial: la revista de dibujos, el lápiz labial, la fruta mordida, las huellas de la bicicleta, el delantal de cuadros azules... Decido salir de esta casa sin decir nada. El viejo, detrás de los párpados gruesos, ha debido fijarse en mí. El resuello tipludo me dice:

—¿Usted la conoció?

Ese pasado tan natural, que ellos deben usar a diario, acaba por destruir mis ilusiones. Allí está la respuesta. Usted la conoció. ¿Cuántos años? ¿Cuántos años habrá vivido el mundo sin Amilamia, asesinada primero por mi olvido, resucitada, apenas ayer, por una triste memoria impotente? ¿Cuándo dejaron esos ojos grises y serios de asombrarse con el deleite de un jardín siempre solitario? ¿Cuándo esos labios de hacer pucheros o de adelgazarse en aquella seriedad ceremoniosa con la que, ahora me doy cuenta, Amilamia descubría y consagraba las cosas de una vida que, acaso, intuía fugaz?

—Sí, jugamos juntos en el parque. Hace mucho.

—¿Qué edad tenía ella? —dice, con la voz aún más apagada, el viejo.

—Tendría siete años. Sí, no más de siete.

La voz de la mujer se levanta, junto con los brazos que parecen implorar:

—¿Cómo era, señor? Díganos cómo era, por favor...

Cierro los ojos. —Amilamia también es mi recuerdo. Sólo podría compararla a las cosas que ella tocaba, traía y descubría en el parque. Sí. Ahora la veo, bajando por la loma. No, no es cierto que sea apenas una elevación de zacate. Era una colina de hierba y Amilamia había trazado un sendero con sus idas y venidas y me saludaba desde lo alto antes de bajar, acompañada por la música, sí, la música de mis ojos, las pinturas de mi olfato, los sabores de mi oído, los olores de mi tacto... mi alucinación... ¿me escuchan?... bajaba saludando, vestida de blanco, con un delantal de cuadros azules... el que ustedes tienen tendido en la azotea...

Toman mis brazos y no abro los ojos.

—¿Cómo era, señor?

—Tenía los ojos grises y el color del pelo le cambiaba con los reflejos del sol y la sombra de los árboles...

Me conducen suavemente, los dos; escucho el resuello del hombre, el golpe de la cruz del rosario contra el cuerpo de la mujer...

—Díganos, por favor...

—El aire la hacía llorar cuando corría; llegaba hasta mi banca con las mejillas plateadas por un llanto alegre...

No abro los ojos. Ahora subimos. Dos, cinco, ocho, nueve, doce peldaños. Cuatro manos guían mi cuerpo.

—¿Cómo era, cómo era?

—Se sentaba bajo los eucaliptos y hacía trenzas con las ramas y fingía el llanto para que yo dejara mi lectura y me acercara a ella...

Los goznes rechinan. El olor lo mata todo: dispersa los demás sentidos, toma asiento como un mogol amarillo en el trono de mi alucinación, pesado como un cofre, insinuante como el crujir de una seda drapeada, ornamentado como un cetro turco, opaco como una veta honda y perdida, brillante como una estrella muerta. Las manos me sueltan. Más que el llanto, es el temblor de los viejos lo que me rodea. Abro lentamente los ojos: dejo que el mareo líquido de mi córnea primero, en seguida la red de mis pestañas, descubran el aposento sofocado por esa enorme batalla de perfumes, de vahos y escarchas de pétalos casi encarnados, tal es la presencia de las flores que aquí, sin duda, poseen una piel viviente: dulzura del jaramago, náusea del ásaro, tumba del nardo, templo de la gardenia: la pequeña recámara sin ventanas, iluminada por las uñas incandescentes de los pesados cirios chisporroteantes, introduce su rastro de cera y flores húmedas hasta el centro del plexo y sólo de allí, del sol de la vida, es posible revivir para contemplar, detrás de los cirios y entre las flores dispersas, el cúmulo de juguetes usados, los aros de colores y los globos arrugados, sin aire, viejas ciruelas transparentes; los caballos de madera con las crines destrozadas, los patines del diablo, las muñecas despelucadas y ciegas, los osos vaciados de serrín, los patos de hule perforado, los perros devorados por la polilla, las cuerdas de saltar roídas, los jarrones de vidrio repletos de dulces secos, los zapatitos gastados, el triciclo —¿tres ruedas?; no; dos; y no de bicicleta; dos ruedas paralelas, abajo—, los zapatitos de cuero y estambre; y al frente, al alcance de mi mano, el pequeño féretro levantado sobre cajones azules decorados con flores de papel, esta vez flores de la vida, claveles y girasoles, amapolas y tulipanes, pero como aquéllas, las de la muerte, parte de un asativo que cocía todos los elementos de este invernadero funeral en el que reposa, dentro del féretro plateado y entre las sábanas de seda negra y junto al acolchado de raso blanco, ese rostro inmóvil y sereno, enmarcado por una cofia de encaje, dibujado con tintes de color de rosa: cejas que el más leve pincel trazó, párpados cerrados, pestañas reales, gruesas, que arrojan una sombra tenue sobre las mejillas tan saludables como en los días del parque. Labios serios, rojos, casi en el puchero de Amilamia cuando fingía un enojo para que yo me acercara a jugar. Manos unidas sobre el pecho. Una camándula, idéntica a la de la madre, estrangulando ese cuello de pasta. Mortaja blanca y pequeña del cuerpo impúber, limpio, dócil.

Los viejos se han hincado, sollozando.

Yo alargo la mano y rozo con los dedos el rostro de porcelana de mi amiga. Siento el frío de esas facciones dibujadas, de la muñeca-reina que preside los fastos de esta cámara real de la muerte. Porcelana, pasta y algodón. *Amilamia no olbida a su amigito y me buscas aquí como te lo divujo.*

Aparto los dedos del falso cadáver. Mis huellas digitales quedan sobre la tez de la muñeca.

Y la náusea se insinúa en mi estómago, depósito del humo de los cirios y la peste del ásaro en el cuarto encerrado. Doy la espalda al túmulo de Amilamia. La mano de la señora toca mi brazo. Sus ojos desorbitados no hacen temblar la voz apagada:

—No vuelva, señor. Si de veras la quiso, no vuelva más.

Toco la mano de la madre de Amilamia, veo con los ojos mareados la cabeza del viejo, hundida entre sus rodillas, y salgo del aposento a la escalera, a la sala, al patio, a la calle.

V

Si no un año, sí han pasado nueve o diez meses. La memoria de aquella idolatría ha dejado de espantarme. He perdido el olor de las flores y la imagen de la muñeca helada. La verdadera Amilamia ya regresó a mi recuerdo y me he sentido, si no contento, sano otra vez: el parque, la niña viva, mis horas de lectura adolescente, han vencido a los espectros de un culto enfermo. La imagen de la vida es más poderosa que la otra. Me digo que viviré para siempre con mi verdadera Amilamia, vencedora de la caricatura de la muerte. Y un día me atrevo a repasar aquel cuaderno de hojas cuadriculadas donde apunté los datos falsos del avalúo. Y de sus páginas, otra vez, cae la tarjeta de Amilamia con su terrible caligrafía infantil y su plano para ir del parque a la casa. Sonrío al recogerla. Muerdo uno de los bordes, pensando que los pobres viejos, a pesar de todo, aceptarían este regalo.

Me pongo el saco y me anudo la corbata, chiflando. ¿Por qué no visitarlos y ofrecerles ese papel con la letra de la niña?

Me acerco corriendo a la casa de un piso. La lluvia comienza a caer en gotones aislados que hacen surgir de la tierra, con una inmediatez mágica, ese olor de bendición mojada que parece remover los humus y precipitar las fermentaciones de todo lo que existe con una raíz en el polvo.

Toco el timbre. El aguacero arrecia e insisto. Una voz chillona grita: ¡Voy!, y espero que la figura de la madre, con su eterno rosario, me reciba. Me levanto las solapas del saco. También mi ropa, mi cuerpo, transforman su olor al contacto con la lluvia. La puerta se abre.

—¿Qué quiere usted? ¡Qué bueno que vino!

Sobre la silla de ruedas, esa muchacha contrahecha detiene una mano sobre la perilla y me sonríe con una mueca inasible. La joroba del pecho convierte el vestido en una cortina del cuerpo: un trapo blanco al que, sin embargo, da un aire de coquetería el delantal de cuadros azules. La pequeña mujer extrae de la bolsa del delantal una cajetilla de cigarros y enciende uno con rapidez, manchando el cabo con los labios pintados de color naranja. El humo le hace guiñar los hermosos ojos grises. Se arregla el pelo cobrizo, apajado, peinado a la permanente, sin dejar de mirarme con un aire inquisitivo y desolado, pero también anhelante, ahora miedoso.

—No, Carlos. Vete. No vuelvas más.

Y desde la casa escucho, al mismo tiempo, el resuello tipludo del viejo, cada vez más cerca:

—¿Dónde estás? ¿No sabes que no debes contestar las llamadas? ¡Regresa! ¡Engendro del demonio! ¿Quieres que te azote otra vez?

Y el agua de la lluvia me escurre por la frente, por las mejillas, por la boca, y las pequeñas manos asustadas dejan caer sobre las losas húmedas la revista de historietas.

velocidad, la repetibilidad y, sobre todo, la resistencia a la fatiga. A los franceses, en cambio, les bastó con asegurar que los nuevos robots cerebrales tuviesen coherencia lógica en el acto racional de reconocer, manipular y clasificar objetos. Fueron los alemanes quienes, al cabo, exigieron y obtuvieron que, además de estas funciones tradicionales, la generación de robots, para serlo, obedeciese a impulsos metafísicos.

Todos obtuvieron lo que quisieron: aptitudes físicas, los japoneses; coherencia lógica, los franceses. Pero la novedad fue la programación germana, obtenida mediante aparatos aceleradores de las partículas y ciclotrones de cada robot: la nueva generación de robots actuaría en las áreas de los verbos infinitivos, ser y estar, desear, nacer, vivir, morir, trascender. Ontorobots, Teleorobots, Axiorobots: todos estos nombres se barajaron a medida que la nueva generación era fabricada de la misma manera que se enseña a un niño a manipular y reconocer objetos, a caminar y a hablar, pero esta vez con una función metafísica, trascendente, ulterior.

Intervino entonces un nuevo factor cultural. Llevados los robots al sitio propio de su funcionamiento, el espacio exterior, donde la triple exigencia intelectual —japonesa resistencia y funcionamiento en un medio hostil; abstracta distancia metafísica alemana; y comprobación racionalista francesa de todo lo anterior— se cumpliría (todos estuvieron de acuerdo) mejor. Solo que los robots fueron conducidos al espacio extraterrestre por la recuperada iniciativa española de exploración en la plataforma "Santiago Ramón y Cajal".

Perfectamente preparados para responder sólo a las grandes interrogantes de la existencia (el valor, los fines superiores y la plenitud moral), los nuevos robots se hallaron, de esta manera, cerca del cielo —hecho que no escapó a la atención divina—. El zumbido de la "Ramón y Cajal", sin embargo, se iba acercando al Paraíso con una bodega llena de jamones y salchichas, Riojas y Valdepeñas, así como abundantes imágenes de santos en las cabinas de la tripulación española. Entre el cielo y la fabada, entre el espíritu puro y el puro puchero, los robots, programados para la metafísica, comenzaron a sentir ansias, cosquilleos, cachonderías olfativas, caldosas, culinarias; la axiología se confundió con la ajología, la apología con la apiología, y la ontología con el omelette. De este modo surgió la duda: ¿Tenía la nueva generación, producto de la tecnología supranacional anónima, gustos nacionales atávicos?

El gusto le entró a los robots por el cerebro programado para el entendimiento filosófico. En ese instante los robots se dieron cuenta de que ellos también tenían un cuerpo, y como lo expresó el líder natural 14921992 a sus hermanos y hermanas robóticos:

—No nos olvidemos ni un minuto de que todos nosotros estamos en el mundo, poseemos un cuerpo y conocemos al mundo directamente. No se olviden nunca de que nuestros actos son parte, desde ahora, de la dinámica del mundo.

—Yo tengo hambre —dijo un robot chiquitito, conocido como todos los demás por su número, 13251521—. Estoy oliendo un mole poblano; lo sé, lo siento, lo deseo, y no puedo tenerlo, sólo puedo reconocerlo y clasificarlo... ¡Chingue a su madre Descartes! —exclamó este cantinflesco sujeto, revelando a las claras sus atavismos nacionales.

—No lo obtendrás con solicitudes corteses —contestó el líder robot—, sino dándote cuenta de que ellos nos han dado una visión tridimensional del mundo.

—¿Y? —se limitó a preguntar el robot pequeño.

—El problema de ellos es proyectar una trayectoria sin colisiones para el trabajo de nuestros brazos. Nuestro problema es obligar a que la trayectoria cambie y las colisiones ocurran...

Desde ese momento, misteriosamente, cayeron en manos de los robots capones y guajolotes, botellas de vino y tarros de cerveza, quesos y tortillas de huevo, produciendo en estas máquinas de dimensión indescriptible, pues en ellas el espesor era transparencia, la altura aspiración y el peso propósito, un revoltijo funcional. Los robots rebelados, lanzados costosamente al espacio, se negaban a cumplir su función, que era la de fijar de una vez por todas, dándoles ubicación y certeza científicas, a las eternas preguntas metafísicas que tanto tiempo y energía hacían perder a los seres humanos, distrayéndoles de sus pragmáticas funciones económicas. Y la rebelión llegó a su cúspide cuando 14921992 les dijo a sus robots colegas, el alemán 15171871, el inglés 10661215 y el francés 04961789, definidos desde ya por sus apetitos culinarios, que había algo peor que negarles la sensualidad y la gula, y era darles sólo números impersonales, negarles... —la palabra emergió explosiva— *nombres*, nombres *propios*, no números, como si fueran cosas, mercadería, fichas técnicas...

—Hasta nuestra generación se llama "Cratilo" y nosotros nada...

—Pero el nombre es sólo un concepto que acompaña a una imagen individual y con ello niega la existencia de los universales —opinó el robot alemán.

—El nombre es sólo una convención —dijo el robot francés.

—No, el nombre es la esencia de lo que nombra —dijo con calor 14921992.

En la vecindad de las alturas lo escuchó Dios Padre y, con la ayuda de algunos poderosos arcángeles, encaminó la plataforma "Ramón y Cajal", a estas alturas (*sic*) tan amotinada como el *Bounty*, a las puertas de San Pedro. Dios puso a cantar a todos los ángeles a fin de adormecer la atención filosófica de los robots y plantearles, sin tapujos, su solicitud:

—Encuéntrenme a Adán y Eva. Se me han perdido.

Los robots se estremecieron al escuchar los nombres de los Primeros Padres: eran también los Primeros Nombres. Pero enseguida se preguntaron por qué Dios, que todo lo sabía, no podía encontrar por sí solo a los Padres Perdidos, sin necesidad de ordenadoras.

—Ustedes son los culpables —suspiró el Todopoderoso—. Y la Trinidad también. La información teológica descifrada con rapidez de rayo por el Centro Wiener-Kafka hace sólo cincuenta años fue trasmitida al mundo mediante esta fórmula ridícula: Uno que es Dos que es Tres que es Uno, no es Nadie. Sobre semejante absurdo no puede asentarse la ciencia de la informática, y la teología se desacredita si Dios es Nadie. Encarné demasiado a mi Hijo, comiendo pan y bebiendo vino a todas horas; me desencarné demasiado en mi Espíritu, al cual apenas logro darle forma de paloma mensajera y de ave preñadora, que no de presa.

El suspiro de Dios Padre casi les parte el alma a los robots:

—No tengo ni cuerpo suficiente, ni suficiente espíritu. Soy un buen administrador.

Pero Paraíso Inc. no funciona sin los Primeros Padres, ustedes me comprenden…

Movidos a la compasión (esta era la treta del Señor), los robots procesaron, en cuestión de minutos, la información nominativa del Paraíso: No todos sus habitantes tenían nombre; el anonimato podía ser portado con orgullo en la felicidad celestial; pero había muchos "Evas" y "Adanes". ¿Quiénes eran los Adán y Eva reales, únicos, que habían asumido un repentino anonimato en el cielo, aburridos de la celebridad?

La información volvió a procesarse, en medio de combinaciones —blips y regüeldos— que revelaban a las claras el revoltijo de física y metafísica con el que los robots habían contaminado la pureza de su función, haciéndola posible sólo en la impureza. Absoluta, transparente, incontrovertible, la prueba trasmitida por los cerebros electrónicos de la nave "Ramón y Cajal" se comunicó a través del Paraíso, en pantallas, bocinas, cintas y videos: Allí, señalados por el largo brazo robótico de 14921992, aparecieron el hombre y la mujer, acurrucados, nuevamente avergonzados, con las cabezas bajas, como los pintó, inolvidablemente, el Masaccio, otra vez expulsados del Paraíso, pero esta vez por su propia voluntad, revelados otra vez en la más total y obscena de las desnudeces, pues sólo ellos dos, entre todos los bienaventurados del cielo, poseían vientres sin sello de nacimiento.

—¿Cómo los descubrieron? —preguntó azorado el Señor.

—Eran los únicos sin ombligo —contestó el francés 04961789.

—¿Cómo no se me ocurrió a mí primero? —exclamó Dios Padre.

—Por la misma razón que ellos creyeron que podían engañarnos —resumió 14921992—. Sabemos razonar porque aprendimos igual que los niños, poquito a poco. Los robots hemos tenido infancia. Ni tú, Señor, ni Adán ni Eva la tuvieron. Nos parecemos más a los hombres que ustedes.

—¿Qué puedo darles en recompensa?

—Un nombre—dijo el francés 04961789, pensando secretamente en Balzac, gran nombrador de hombres, en Hugo, gran nombrador de cosas, y en Mallarmé y la pureza de las palabras de la tribu.

—Y no sólo un nombre, sino la ceremonia que lo convalida —dijo 14921992 convalidando él mismo su cultura ancestral—. Queremos ser bautizados.

Y lo fueron, en medio de una fiesta incomparable, celestial y terrena, física y metafísica; fueron nombrados Remedios y Piedad, Angustias y Socorro, Santiago y Felipe, Ludwig y Wolfgang Amadeus, Francesco y François, Tristram y Jacques, Fortescue y Marmaduke, Akihito y Akira, Sóstenes y Guadalupe. En medio de la exuberancia sensual de la ceremonia, los robots introdujeron en su programación dos nuevas preguntas:

—¿Es un nombre una pura convención?

—¿Refleja un nombre la realidad de lo que nombra?

Una y otra vez, la respuesta a estas preguntas se repitió en las pantallas de los ordenadores y en las bóvedas celestiales: Un nombre es sólo una aproximación a la naturaleza de las cosas.

Esta respuesta convenció a Dios y, lo que es mejor, tanto a los racionalistas franceses como a los místicos españoles. Sólo los alemanes se quejaron de que ni las preguntas ni las respuestas eran, propiamente, metafísicas, con lo cual quedaba desvirtuada la función de los nuevos robots y se imponía pasar a una sexta o séptima generación a la altura de sus deberes filosóficos; en tanto que los japoneses no le vieron utilidad alguna al debate sobre la nominación de las máquinas cibernéticas, a menos que acabasen como atracciones en una feria o en un casino.

Sólo Adán y Eva, a los que en reconocimiento de su más reciente sacrificio se les regalaron dos robots para ellos solitos, entendieron que las máquinas, al ser bautizadas, no dejaron de funcionar, pero tampoco de rebelarse. Hablándoles, mirándolas, el hombre y la mujer acabaron por verse a sí mismos, ni realidad material cerrada ni convención caprichosa aunque útil sino, en efecto, aproximación permanente a una naturaleza, una personalidad y un deseo jamás concluidos, siempre abiertos, capaces de descendencia y multiplicación.

Sin que sus inventores multinacionales lo supiesen, los robots de la quinta generación adquirieron así las verdaderas funciones del cerebro, que son las de parecerse a los hombres y mujeres de una manera mucho más íntima y calurosa. Bautizados, los robots se volvieron parte de un mundo en cierta manera más abierto, generoso e inacabado, y en él se reconocieron también el primer hombre y la primera mujer. 14921992 se llamó desde entonces "Cristóbal" y 04961789 se reveló como "Jeannette".

Fue Dios, sin embargo, quien, complacido, bendijo la unión de sus primeras criaturas y de las criaturas de sus criaturas, y dijo la última palabra:

—En verdad os digo que afortunadamente aún existe una gran diferencia entre quienes fabrican robots y quienes los imaginan.

Un fantasma tropical

Les contó que en el pueblo donde vivía junto al mar había muy poca gente rica y una de ellas, fabulosamente pudiente, según decía el rumor, era una mujer muy anciana que ya no salía nunca y que, según todos los chismes de las mujeres del pueblo, guardaba tesoros incalculables y joyas finísimas en rincones secretos de su casa blanca, enjalbegada, de dos pisos, con columnas resistentes a las mordidas del mar... Como nadie la veía desde hacía diez años, la gente empezó a darla por muerta. Y como nadie reclamaba su herencia, todos decidieron que el cuento de las joyas era perfectamente fantástico, que la señora sólo tenía bisutería. Y como la casa iba viniendo a menos, escarapeladas las columnas, llenos de goteras los porches y vencidas e inválidas las mecedoras traídas de la Nueva Orleans el siglo pasado, cuando eran la gran novedad gringa, el status symbol de los años 1860, cuando el auge de quién sabe qué, estaba claro que a nadie le interesaba reclamar ninguna herencia, si es que la señora invisible de verdad se había muerto.

Los más viejos decían haberla visto de joven. ¿Cuándo de joven, de joven cuándo?

Pues sería allá por los años veintes, cuando las mujeres de la costa empezaron a cortarse el pelo a la bob, con alas de cuervo y nucas pelonas, falditas cortas y tacones altos, toda esa putería que nos llegó del norte… y ella no. Los que la vieron entonces dicen que ella, joven y hermosa como era, persistía en vestirse como antes, con faldas largas y botines de lazo, blusas oscuras bien abotonadas hasta el cuello, y uno como collar de la decencia, una corbatilla blanca como la luz de las seis de la mañana detenida por un camafeo. ¿Qué era el camafeo, qué describía, era un novio perdido, muerto, qué qué qué? Una mujer. Era el retrato de una mujer. Y cuando la futura anciana señora salía de su casa de pisos de mármol cuadriculados como un tablero de ajedrez, siempre se cubría con un parasol negro, pero su mirada no se la daba a nadie, sino a la mujer del camafeo que tenía tendido al pecho.

La espiaban. Recibía mujeres en su casa. Jamás un hombre. Una señora decente. Pero quién sabe si lo eran las mujeres que recibía. Pelonas, con collares largos cubriéndoles los escotes de satín por donde rebotaban las teticas de seda…

—Pero todo eso pasó hace mil años.

—No hay tal cosa. Nunca hubo mil años. Hubo novecientos noventa y nueve o hubo las mil y una noches. Odio los números redondos.

—Bueno, hace cuarenta y cuatro años, pon tú.

—Pongo yo, pues…

—La dieron por muerta. Es lo interesante.

Y yo que era un muchachito curioso, pero así, reventando de curiosidad, decidí aclarar el misterio de una vez por todas. Iba a cumplir los trece y pronto mi cuerpo ya no iba a caber entre las rejas que protegían la casa de la madama esta. De modo que una noche decidí colarme, pasadas las once, cuando el pueblo o ya se durmió, o ya se emborrachó. Apenas cupe entre dos barrotes. Me atarantó el olor de magnolia. Sentí crujir los tablones de la escalera que conduce al porche. La puerta de entrada estaba cerrada pero una ventana tenía los vidrios rotos. Me colé y me encontré en un vestíbulo que era como una rotonda de piso blanquinegro y un techo de emplomados donde un ángel desplegaba alas de pavorreal. De las puntas de las alas caían gotas espesas, aceitosas. Y entraba una luz que no era la de la noche, aunque tampoco la de la mañana. Una luz propia, me dije, sólo de esta casa. Esas cosas pasan en el trópico.

Entonces comencé a explorar. Varias puertas se abrían sobre la rotonda. Eran idénticas entre sí, como en los cuentos de hadas. Abrí la primera y me asustó un Buda de esos que constantemente mueven la cabeza y enseñan la lengua, asintiendo y burlándose.

Cerré apresuradamente y me fui a la siguiente puerta. Aquí tuve suerte. Era una biblioteca, lugar ideal, según las películas de miedo, para esconder cosas y apretar botones que descubren paneles corredizos etcétera. Ya conocen el rollo. Pero yo ya había leído en la escuela el cuento de Poe traducido por Cortázar, el de la carta robada. Allí se demuestra que el mejor lugar para esconder algo es el lugar más obvio, el más visible, que de tan visible se vuelve invisible. ¿Qué era lo más obvio en una biblioteca? Los libros. ¿Y entre los libros? El diccionario, el libro sin personalidad propia. ¿Y entre los diccionarios? El de la academia española, la lengua que hablamos todos.

Me fui sobre el libro de pastas de cuero claro y etiqueta roja, que veía todos los días en la escuela. Lo abrí y era lo que yo esperaba. Un libro hueco, una simple caja que abrí sin respirar apenas. Allí estaban las joyas de la vieja dama. Metí la mano para sacar la que más brillaba y allí debí conformarme. Pero ustedes ya saben lo que es la codicia cuando no hay conciencia y volví a meter la mano. Sólo que esta vez había allí otra mano que se me adelantó, tomó la mía con fuerza y me obligó a soltar el collar de perlas y mirar hacia la dueña de la mano helada, descarnada, que con tanta fuerza oprimía la mía.

No era dueña, sino dueño.

Era un hombre. Muy viejo, sin pelo, o más bien con mechones cenizos saliéndole de donde no debieran, las orejas y las narices y los rincones de los labios, un terrible anciano de dientes amarillos y ojeras pantanosas, de cuyo tacto nauseabundo (le apestaban las manos) me desasí con toda la fuerza de mis casi trece años para huir con la única joya que salvé… Me volteé para mirarlo. Ya les dije que mi curiosidad siempre me gana. ¡Va a ser mi perdición, muchachos! Quise ver de cuerpo entero a este espanto que se me apareció antes de la medianoche, ¡qué sería después de esa hora!

Era un hombre. Calvo, anciano, macilento y maloliente. Pero vestía como mujer. Un traje largo, antiguo, con botones, cerrado hasta el cuello, una corbatilla que fue blanca, mugrosa, amarilla, y el camafeo de una mujer bellísima, antigua, viva, muerta… ¿quién sabe?

Salí corriendo por donde entré. El espectro de la casa no me persiguió.

Dormí con mi brillante joya escondida bajo la almohada. Al día siguiente, di un pretexto para irme al puerto y enseñársela a un joyero judío que había emigrado de Ámsterdam huyendo de los nazis. Me dijo la verdad: la joya no valía nada, era de las que se encuentran en las tiendas Woolworth en todo el mundo…

Pero nunca le conté a nadie lo que me había pasado. El pueblo siguió creyendo que la vieja había muerto y que su fortuna era un mito, puesto que nadie la reclamaba. Yo no dije la verdad. Ustedes son los primeros en oír mi historia. Agradézcanmela, que nuestras noches van a ser largas y mañana quién sabe si sigamos vivos…

Aura

A Manolo y Tere Barbachano

> El hombre caza y lucha. La mujer
> intriga y sueña; es la madre de la
> fantasía, de los dioses. Posee la segunda
> visión, las alas que le permiten volar
> hacia el infinito del deseo y de la
> imaginación… Los dioses son como
> los hombres: nacen y mueren sobre el
> pecho de una mujer…
>
> JULES MICHELET

I

Lees ese anuncio: una oferta de esa naturaleza
no se hace todos los días. Lees y relees el aviso.
Parece dirigido a ti, a nadie más. Distraído,
dejas que la ceniza del cigarro caiga dentro de
la taza de té que has estado bebiendo en este
cafetín sucio y barato. Tú releerás. Se solicita
historiador joven. Ordenado. Escrupuloso. Co-
nocedor de la lengua francesa. Conocimiento
perfecto, coloquial. Capaz de desempeñar labores de secretario. Juventud, conocimiento
del francés, preferible si ha vivido en Francia
algún tiempo. Tres mil pesos mensuales, comida y recámara cómoda, asoleada, apropiada
estudio. Sólo falta tu nombre. Sólo falta que
las letras más negras y llamativas del aviso in-
formen: Felipe Montero. Se solicita Felipe
Montero, antiguo becario en la Sorbona, historiador cargado de datos inútiles, acostumbrado a exhumar papeles amarillentos, profesor
auxiliar en escuelas particulares, novecientos
pesos mensuales. Pero si leyeras eso, sospecha-
rías, lo tomarías a broma. Donceles 815. Acuda
en persona. No hay teléfono.

Recoges tu portafolio y dejas la propina. Piensas que otro historiador joven, en

condiciones semejantes a las tuyas, ya ha leído ese mismo aviso, tomado la delantera, ocupado el puesto. Tratas de olvidar mientras caminas a la esquina. Esperas el autobús, enciendes un cigarrillo, repites en silencio las fechas que debes memorizar para que esos niños amodorrados te respeten. Tienes que prepararte. El autobús se acerca y tú estás observando las puntas de tus zapatos negros. Tienes que prepararte. Metes la mano en el bolsillo, juegas con las monedas de cobre, por fin escoges treinta centavos, los aprietas con el puño y alargas el brazo para tomar firmemente el barrote de fierro del camión que nunca se detiene, saltar, abrirte paso, pagar los treinta centavos, acomodarte difícilmente entre los pasajeros apretujados que viajan de pie, apoyar tu mano derecha en el pasamanos, apretar el portafolio contra el costado y colocar distraídamente la mano izquierda sobre la bolsa trasera del pantalón, donde guardas los billetes.

Vivirás ese día, idéntico a los demás, y no volverás a recordarlo sino al día siguiente, cuando te sientes de nuevo en la mesa del cafetín, pidas el desayuno y abras el periódico. Al llegar a la página de anuncios, allí estarán, otra vez, esas letras destacadas: *historiador joven*. Nadie acudió ayer. Leerás el anuncio. Te detendrás en el último renglón: cuatro mil pesos.

Te sorprenderá imaginar que alguien vive en la calle de Donceles. Siempre has creído que en el viejo centro de la ciudad no vive nadie. Caminas con lentitud, tratando de distinguir el número 815 en este conglomerado de viejos palacios coloniales convertidos en talleres de reparación, relojerías, tiendas de zapatos y expendios de aguas frescas. Las nomenclaturas han sido revisadas, superpuestas, confundidas. El 13 junto al 200, el antiguo azulejo numerado —47— encima de la nueva advertencia pintada con tiza: *ahora* 924. Levantarás la mirada a los segundos pisos: allí nada cambia. Las sinfonolas no perturban, las luces de mercurio no iluminan, las baratijas expuestas no adornan ese segundo rostro de los edificios. Unidad del tezontle, los nichos con sus santos truncos coronados de palomas, la piedra labrada de barroco mexicano, los balcones de celosía, las troneras y los canales de lámina, las gárgolas de arenisca. Las ventanas ensombrecidas por largas cortinas verdosas: esa ventana de la cual se retira alguien en cuanto tú la miras, miras la portada de vides caprichosas, bajas la mirada al zaguán despintado y descubres 815, *antes* 69.

Tocas en vano con esa manija, esa cabeza de perro en cobre, gastada, sin relieves: semejante a la cabeza de un feto canino en los museos de ciencias naturales. Imaginas que el perro te sonríe y sueltas su contacto helado. La puerta cede al empuje levísimo, de tus dedos, y antes de entrar miras por última vez sobre tu hombro, frunces el ceño porque la larga fila detenida de camiones y autos gruñe, pita, suelta el humo insano de su prisa. Tratas, inútilmente de retener una sola imagen de ese mundo exterior indiferenciado.

Cierras el zaguán detrás de ti e intentas penetrar la oscuridad de ese callejón techado —patio, porque puedes oler el musgo, la humedad de las plantas, las raíces podridas, el perfume adormecedor y espeso—. Buscas en vano una luz que te guíe. Buscas la caja de fósforos en la bolsa de tu saco pero esa voz aguda y cascada te advierte desde lejos:

—No... no es necesario. Le ruego. Camine trece pasos hacia el frente y encontrará la escalera a su derecha. Suba, por favor. Son veintidós escalones. Cuéntelos.

Trece. Derecha. Veintidós.

El olor de la humedad, de las plantas podridas, te envolverá mientras marcas tus pasos, primero sobre las baldosas de piedra, enseguida sobre esa madera crujiente, fofa por la humedad y el encierro. Cuentas en voz baja hasta veintidós y te detienes, con la caja de fósforos entre las manos, el portafolio apretado contra las costillas. Tocas esa puerta que huele a pino viejo y húmedo; buscas una manija; terminas por empujar y sentir, ahora, un tapete bajo tus pies. Un tapete delgado, mal extendido, que te hará tropezar y darte cuenta de la nueva luz, grisácea y filtrada, que ilumina ciertos contornos.

—Señora —dices con una voz monótona, porque crees recordar una voz de mujer—. Señora...

—Ahora a su izquierda. La primera puerta. Tenga la amabilidad.

Empujas esa puerta —ya no esperas que alguna se cierre propiamente; ya sabes que todas son puertas de golpe— y las luces dispersas se trenzan en tus pestañas, como si atravesaras una tenue red de seda. Sólo tienes ojos para esos muros de reflejos desiguales, donde parpadean docenas de luces. Consigues, al cabo, definirlas como veladoras, colocadas sobre repisas y entrepaños de ubicación asimétrica. Levemente, iluminan otras luces que son corazones de plata, frascos de cristal, vidrios enmarcados, y sólo detrás de este brillo intermitente verás, al fondo, la cama y el signo de una mano que parece atraerte con su movimiento pausado.

Lograrás verla cuando des la espalda a ese firmamento de luces devotas. Tropiezas al pie de la cama; debes rodearla para acercarte a la cabecera. Allí, esa figura pequeña se pierde en la inmensidad de la cama; al extender la mano no tocas otra mano, sino la piel gruesa, afieltrada, las orejas de ese objeto que roe con un silencio tenaz y te ofrece sus ojos rojos: sonríes y acaricias al conejo que yace al lado de la mano que, por fin, toca la tuya con unos dedos sin temperatura que se detienen largo tiempo sobre tu palma húmeda, la voltean y acercan tus dedos abiertos a la almohada de encajes que tocas para alejar tu mano de la otra.

—Felipe Montero. Leí su anuncio.

—Sí, ya sé. Perdón no hay asiento.

—Estoy bien. No se preocupe.

—Está bien. Por favor, póngase de perfil. No lo veo bien. Que le dé la luz. Así. Claro.

—Leí su anuncio…

—Claro. Lo leyó. ¿Se siente calificado? Avez vous fait des études?

—A Paris, madame.

—Ah, oui, ça me fait plaisir, toujours, toujours, d'entendre… oui… vous savez… on était tellement habitué… et après…

Te apartarás para que la luz combinada de la plata, la cera y el vidrio dibuje esa cofia de seda que debe recoger un pelo muy blanco y enmarcar un rostro casi infantil de tan viejo. Los apretados botones del cuello blanco que sube hasta las orejas ocultas por la cofia, las sábanas y los edredones velan todo el cuerpo con excepción de los brazos envueltos en un chal de estambre, las manos pálidas que descansan sobre el vientre: sólo puedes fijarte en el rostro, hasta que un movimiento del conejo te permite desviar la mirada y observar con disimulo esas migajas, esas costras de pan regadas sobre los edredones de seda roja, raídos y sin lustre.

—Voy al grano. No me quedan muchos años por delante, señor Montero, y por ello he preferido violar la costumbre de toda una vida y colocar ese anuncio en el periódico.

—Sí, por eso estoy aquí.

—Sí. Entonces acepta.

—Bueno, desearía saber algo más…

—Naturalmente. Es usted curioso.

Ella te sorprenderá observando la mesa de noche, los frascos de distinto color, los vasos, las cucharas de aluminio, los cartuchos alineados de píldoras y comprimidos, los demás vasos manchados de líquidos blancuzcos que están dispuestos en el suelo, al alcance de la mano de la mujer recostada sobre esta cama baja. Entonces te darás cuenta de que es una cama apenas elevada sobre el ras del suelo, cuando el conejo salte y se pierda en la oscuridad.

—Le ofrezco cuatro mil pesos.

—Sí, eso dice el aviso de hoy.

—Ah, entonces ya salió.

—Sí, ya salió.

—Se trata de los papeles de mi marido, el general Llorente. Deben ser ordenados antes de que muera. Deben ser publicados. Lo he decidido hace poco.

—Y el propio general, ¿no se encuentra capacitado para…?

—Murió hace sesenta años, señor. Son sus memorias inconclusas. Deben ser completadas. Antes de que yo muera.

—Pero…

—Yo le informaré de todo. Usted aprenderá a redactar en el estilo de mi esposo. Le bastará ordenar y leer los papeles para sentirse fascinado por esa prosa, por esa transparencia, esa, esa…

—Sí, comprendo.

—Saga. Saga. ¿Dónde está? Ici, Saga…

—¿Quién?

—Mi compañía.

—¿El conejo?

—Sí, volverá.

Levantarás los ojos, que habías mantenido bajos, y ella ya habrá cerrado los labios, pero esa palabra —volverá— vuelves a escucharla como si la anciana la estuviese pronunciando en ese momento. Permanecen inmóviles. Tú miras hacia atrás; te ciega el brillo de la corona parpadeante de objetos religiosos. Cuando vuelves a mirar a la señora, sientes que sus ojos se han abierto desmesuradamente y que son claros, líquidos, inmensos, casi del color de la córnea amarillenta que los rodea, de manera que sólo el punto negro de la pupila rompe esa claridad perdida, minutos antes, en los pliegues gruesos de los párpados caídos como para proteger esa mirada que ahora vuelve a esconderse —a retraerse, piensas— en el fondo de su cueva seca.

—Entonces se quedará usted. Su cuarto está arriba. Allí sí entra la luz.

—Quizá, señora, sería mejor que no la importunara. Yo puedo seguir viviendo donde siempre y revisar los papeles en mi propia casa…

—Mis condiciones son que viva aquí. No queda mucho tiempo.

—No sé…

—Aura…

La señora se moverá por la primera vez desde que tú entraste a su recámara; al extender otra vez su mano, tú sientes esa respiración agitada a tu lado y entre la mujer y tú se extiende otra mano que toca los dedos de la anciana. Miras a un lado y la muchacha está allí, esa muchacha que no alcanzas a ver de cuerpo entero porque está tan cerca de ti y su aparición fue imprevista, sin ningún ruido —ni siquiera los ruidos que no se escuchan pero que son reales porque se recuerdan inmediatamente, porque a pesar de todo son más fuertes que el silencio que los acompañó.

—Le dije que regresaría…

—¿Quién?

—Aura. Mi compañera. Mi sobrina.

—Buenas tardes.

La joven inclinará la cabeza y la anciana, al mismo tiempo que ella, remedará el gesto.

—Es el señor Montero. Va a vivir con nosotras.

Te moverás unos pasos para que la luz de las veladoras no te ciegue. La muchacha mantiene los ojos cerrados, las manos cruzadas sobre un muslo: no te mira. Abre los ojos poco a poco, como si temiera los fulgores de la recámara. Al fin, podrás ver esos ojos de mar que fluyen, se hacen espuma, vuelven a la calma verde, vuelven a inflamarse como una ola: tú los ves y te repites que no es cierto, que son unos hermosos ojos verdes idénticos a todos los hermosos ojos verdes que has conocido o podrás conocer. Sin embargo, no te engañas: esos ojos fluyen, se transforman, como si te ofrecieran un paisaje que sólo tú puedes adivinar y desear.

—Sí. Voy a vivir con ustedes.

II

La anciana sonreirá, incluso reirá con su timbre agudo y dirá que le agrada tu buena voluntad y que la joven te mostrará tu recámara, mientras tú piensas en el sueldo de cuatro mil pesos, el trabajo que puede ser agradable porque a ti te gustan estas tareas meticulosas de investigación, que excluyen el esfuerzo físico, el traslado de un lugar a otro, los encuentros inevitables y molestos con otras personas. Piensas en todo esto al seguir los pasos de la joven —te das cuenta de que no la sigues con la vista, sino con el oído: sigues el susurro de la falda, el crujido de una tafeta— y estás ansiando, ya, mirar nuevamente esos ojos. Asciendes detrás del ruido, en medio de la oscuridad, sin acostumbrarte aún a las tinieblas: recuerdas que deben ser cerca de las seis de la tarde y te sorprende la inundación de luz de tu recámara, cuando la mano de Aura empuje la puerta —otra puerta sin cerradura— y en seguida se aparte de ella y te diga:

—Aquí es su cuarto. Lo esperamos a cenar dentro de una hora.

Y se alejará, con ese ruido de tafeta, sin que hayas podido ver otra vez su rostro.

Cierras —empujas— la puerta detrás de ti y al fin levantas los ojos hacia el tragaluz inmenso que hace las veces de techo. Sonríes al darte cuenta de que ha bastado la luz del crepúsculo para cegarte y contrastar con la penumbra del resto de la casa. Pruebas, con alegría, la blandura del colchón en la cama de metal dorado y recorres con la mirada el cuarto: el tapete de lana roja, los muros empapelados, oro y oliva, el sillón de terciopelo rojo, la vieja mesa de trabajo, nogal y cuero verde, la lámpara antigua, de quinqué, luz opaca de tus noches de investigación, el estante clavado encima de la mesa, al alcance de tu mano, con los tomos encuadernados. Caminas hacia la otra puerta y al empujarla descubres un baño pasado de moda: tina de cuatro patas, con florecillas pintadas sobre la porcelana, un aguamanil azul, un retrete incómodo. Te observas en el gran espejo ovalado del guardarropa, también de nogal, colocado en la sala de baño. Mueves tus cejas pobladas, tu boca larga y gruesa que llena de vaho el espejo; cierras tus ojos negros y, al abrirlos, el vaho habrá desaparecido. Dejas de contener la respiración y te pasas una mano por el pelo oscuro y lacio; tocas con ella tu perfil recto, tus mejillas delgadas. Cuando el vaho opaque otra vez el rostro, estarás repitiendo ese nombre, Aura.

Consultas el reloj, después de fumar dos cigarrillos, recostado en la cama. De pie, te pones el saco y te pasas el peine por el cabello. Empujas la puerta y tratas de recordar el camino que recorriste al subir. Quisieras dejar la puerta abierta, para que la luz del quinqué te guíe: es imposible, porque los resortes la cierran. Podrías entretenerte columpiando esa puerta. Podrías tomar el quinqué y descender con él. Renuncias porque ya sabes que esta casa siempre se encuentra a oscuras. Te obligarás a conocerla y reconocerla por el tacto. Avanzas con cautela, como un ciego, con los brazos extendidos, rozando la pared, y es tu hombro lo que, inadvertidamente, aprieta el contacto de la luz eléctrica. Te detienes, guiñando, en el centro iluminado de ese largo pasillo desnudo. Al fondo, el pasamanos y la escalera de caracol.

Desciendes contando los peldaños: otra costumbre inmediata que te habrá impuesto la casa de la señora Llorente. Bajas contando y das un paso atrás cuando encuentres los ojos rosados del conejo que en seguida te da la espalda y sale saltando.

No tienes tiempo de detenerte en el vestíbulo porque Aura, desde una puerta entreabierta de cristales opacos, te estará esperando con el candelabro en la mano. Caminas, sonriendo, hacia ella; te detienes al escuchar los maullidos dolorosos de varios gatos —sí, te detienes a escuchar, ya cerca de la mano de Aura, para cerciorarte de que son varios gatos— y la sigues a la sala: Son los gatos —dirá Aura—. Hay tanto ratón en esta parte de la ciudad.

Cruzan el salón: muebles forrados de seda mate, vitrinas donde han sido colocados muñecos de porcelana, relojes musicales, condecoraciones y bolas de cristal; tapetes de diseño persa, cuadros con escenas bucólicas, las cortinas de terciopelo verde corridas. Aura viste de verde.

—¿Se encuentra cómodo?

—Sí. Pero necesito recoger mis cosas en la casa donde…

—No es necesario. El criado ya fue a buscarlas.

—No se hubieran molestado.

Entras, siempre detrás de ella, al comedor. Ella colocará el candelabro en el centro de la mesa; tú sientes un frío húmedo. Todos los muros del salón están recubiertos de una madera oscura, labrada al estilo gótico, con ojivas y rosetones calados. Los gatos han dejado de maullar. Al tomar asiento, notas que han sido dispuestos cuatro cubiertos y que hay dos platones calientes bajo cacerolas de plata y una botella vieja y brillante por el limo verdoso que la cubre.

Aura apartará la cacerola. Tú aspiras el olor pungente de los riñones en salsa de cebo-

lla que ella te sirve mientras tú tomas la botella
vieja y llenas los vasos de cristal cortado con
ese líquido rojo y espeso. Tratas, por curiosidad, de leer la etiqueta del vino, pero el limo
lo impide. Del otro platón, Aura toma unos
tomates enteros, asados.

—Perdón —dices, observando los dos
cubiertos extra, las dos sillas desocupadas—.
¿Esperamos a alguien más?

Aura continúa sirviendo los tomates:

—No. La señora Consuelo se siente
débil esta noche. No nos acompañará.

—¿La señora Consuelo? ¿Su tía?

—Sí. Le ruega que pase a verla después
de la cena.

Comen en silencio. Beben ese vino particularmente espeso, y tú desvías una y otra
vez la mirada para que Aura no te sorprenda
en esa impudicia hipnótica que no puedes
controlar. Quieres, aun entonces, fijar las facciones de la muchacha en tu mente. Cada vez
que desvíes la mirada, las habrás olvidado ya y
una urgencia impostergable te obligará a mi-
rarla de nuevo. Ella mantiene, como siempre,
la mirada baja y tú, al buscar el paquete de
cigarrillos en la bolsa del saco, encuentras ese
llavín, recuerdas, le dices a Aura:

—¡Ah! Olvidé que un cajón de mi mesa
está cerrado con llave. Allí tengo mis docu-
mentos.

Y ella murmurará:

—Entonces… ¿quiere usted salir?

Lo dice como un reproche. Tú te sientes confundido y alargas la mano con el llavín colgado de un dedo, se lo ofreces.

—No urge.

Pero ella se aparta del contacto de tus manos, mantiene las suyas sobre el regazo, al fin levanta la mirada y tú vuelves a dudar de tus sentidos, atribuyes al vino el aturdimiento, el mareo que te producen esos ojos verdes, limpios, brillantes, y te pones de pie, detrás de Aura, acariciando el respaldo de madera de la silla gótica, sin atreverte a tocar los hombros desnudos de la muchacha, la cabeza que se mantiene inmóvil. Haces un esfuerzo para contenerte, distraes tu atención escuchando el batir imperceptible de otra puerta, a tus espaldas, que debe conducir a la cocina, descompones los dos elementos plásticos del comedor: el círculo de luz compacta que arroja el candelabro y que ilumina la mesa y un extremo del muro labrado, el círculo mayor, de sombra, que rodea al primero. Tienes, al fin, el valor de acercarte a ella, tomar su mano, abrirla y colocar el llavero, la prenda, sobre esa palma lisa.

La verás apretar el puño, buscar tu mirada, murmurar:

—Gracias… —levantarse, abandonar de prisa el comedor.

Tú tomas el lugar de Aura, estiras las piernas, enciendes un cigarrillo, invadido por un placer que jamás has conocido, que sabías parte de ti, pero que sólo ahora experimentas plenamente, liberándolo, arrojándolo fuera porque sabes que esta vez encontrará respuesta… Y la señora Consuelo te espera: ella te lo advirtió: te espera después de la cena…

Has aprendido el camino. Tomas el candelabro y cruzas la sala y el vestíbulo. La primera puerta, frente a ti, es la de la anciana. Tocas con los nudillos, sin obtener respuesta. Tocas otra vez. Empujas la puerta: ella te espera. Entras con cautela, murmurando:

—Señora… Señora…

Ella no te habrá escuchado, porque la descubres hincada ante ese muro de las devociones, con la cabeza apoyada contra los puños cerrados. La ves de lejos: hincada, cubierta por ese camisón de lana burda, con la cabeza hundida en los hombros delgados: delgada como una escultura medieval, emaciada: las piernas se asoman como dos hebras debajo del camisón, flacas, cubiertas por una erisipela inflamada; piensas en el roce continuo de la tosca lana sobre la piel, hasta que ella levanta los puños y pega al aire sin fuerzas, como si librara una batalla contra las imágenes que, al acercarte, empiezas a distinguir: Cristo, María, San Sebastián, Santa Lucía, el Arcángel Miguel, los demonios sonrientes, los únicos sonrientes en esta iconografía del dolor y la cólera: sonrientes porque, en el viejo grabado iluminado por las veladoras, ensartan los tridentes en la piel de los condenados, les vacían calderones de agua hirviente, violan a las mujeres, se embriagan, gozan de la libertad vedada a los santos. Te acercas a esa imagen central, rodeada por las lágrimas de la Dolorosa, la sangre del Crucificado, el gozo de Luzbel, la cólera del Arcángel, las vísceras conservadas en frascos de alcohol, los corazones de plata: la señora Consuelo, de rodillas, amenaza con los puños, balbucea las palabras que, ya cerca de ella, puedes escuchar:

—Llega, Ciudad de Dios; suena, trompeta de Gabriel; ¡Ay, pero cómo tarda en morir el mundo!

Se golpeará el pecho hasta derrumbarse, frente a las imágenes y las veladoras, con un acceso de tos. Tú la tomas de los codos, la conduces dulcemente hacia la cama, te sorprendes del tamaño de la mujer: casi una niña, doblada, corcovada, con la espina dorsal vencida: sabes que, de no ser por tu apoyo, tendría que regresar a gatas a la cama. La recuestas en el gran lecho de migajas y edredones viejos, la cubres, esperas a que su respiración se regularice, mientras las lágrimas involuntarias le corren por las mejillas transparentes.

—Perdón… Perdón, señor Montero… A las viejas sólo nos queda… el placer de la devoción… Páseme el pañuelo, por favor.

—La señorita Aura me dijo…

—Sí, exactamente. No quiero que perdamos tiempo… Debe… debe empezar a trabajar cuanto antes… Gracias…

—Trate usted de descansar.

—Gracias… Tome…

La vieja se llevará las manos al cuello, lo desabotonará, bajará la cabeza para quitarse ese listón morado, luido, que ahora te entrega: pesado, porque una llave de cobre cuelga de la cinta.

—En aquel rincón… Abra ese baúl y traiga los papeles que están a la derecha, encima de los demás… amarrados con un cordón amarillo…

—No veo muy bien…

—Ah, sí… Es que yo estoy tan acostumbrada a las tinieblas. A mi derecha… Camine y tropezará con el arcón… Es que nos amurallaron, señor Montero. Han construido alrededor de nosotras, nos han quitado la luz. Han querido obligarme a vender. Muertas, antes. Esta casa está llena de recuerdos para nosotras. Sólo muerta me sacarán de aquí… Eso es. Gracias. Puede usted empezar a leer esta parte. Ya le iré entregando las demás. Buenas noches, señor Montero. Gracias. Mire: su candelabro se ha apagado. Enciéndalo afuera, por favor. No, no, quédese con la llave. Acéptela. Confío en usted.

—Señora… Hay un nido de ratones en aquel rincón…

—¿Ratones? Es que yo nunca voy hasta allá…

—Debería usted traer a los gatos aquí.

—¿Gatos? ¿Cuáles gatos? Buenas noches. Voy a dormir. Estoy fatigada.

—Buenas noches.

III

Lees esa misma noche los papeles amarillos, escritos con una tinta color mostaza; a veces, horadados por el descuido de una ceniza de tabaco, manchados por moscas. El francés del general Llorente no goza de las excelencias que su mujer le habrá atribuido. Te dices que tú puedes mejorar considerablemente el estilo, apretar esa narración difusa de los hechos pasados: la infancia en una hacienda oaxaqueña del siglo XIX, los estudios militares en Francia, la amistad con el Duque de Morny, con el círculo íntimo de Napoleón III, el regreso a México en el estado mayor de Maximiliano, las ceremonias y veladas del Imperio, las batallas, el derrumbe, el Cerro de las Campanas, el exilio en París. Nada que no hayan contado otros. Te desnudas pensando en el capricho deformado de la anciana, en el falso valor que atribuye a estas memorias. Te acuestas sonriendo, pensando en tus cuatro mil pesos.

Duermes, sin soñar, hasta que el chorro de luz te despierta, a las seis de la mañana, porque ese techo de vidrios no posee cortinas. Te cubres los ojos con la almohada y tratas de volver a dormir. A los diez minutos, olvidas tu propósito y caminas al baño, donde encuentras todas tus cosas dispuestas en una mesa, tus escasos trajes colgados en el ropero. Has terminado de afeitarte cuando ese maullido implorante y doloroso destruye el silencio de la mañana.

Llega a tus oídos con una vibración atroz, rasgante, de imploración. Intentas ubicar su origen: abres la puerta que da al corredor y allí no lo escuchas: esos maullidos se cuelan desde lo alto, desde el tragaluz. Trepas velozmente a la silla, de la silla a la mesa de trabajo, y apoyándote en el librero puedes alcanzar el tragaluz, abrir uno de sus vidrios, elevarte con esfuerzo y clavar la mirada en ese jardín lateral, ese cubo de tejos y zarzas enmarañados donde cinco, seis, siete gatos —no puedes contarlos: no puedes sostenerte allí más de un segundo— encadenados unos con otros, se revuelcan envueltos en fuego, desprenden un humo opaco, un olor de pelambre incendiada. Dudas, al caer sobre la butaca, si en realidad has visto eso; quizá sólo uniste esa imagen a los maullidos espantosos que persisten, disminuyen, al cabo terminan.

Te pones la camisa, pasas un papel sobre las puntas de tus zapatos negros y escuchas, esta vez, el aviso de la campana que parece recorrer los pasillos de la casa y acercarse a tu puerta. Te asomas al corredor; Aura camina con esa campana en la mano, inclina la cabeza al verte, te dice que el desayuno está listo. Tratas de detenerla; Aura ya descenderá por la escalera de caracol, tocando la campana pintada de negro, como si se tratara de levantar a todo un hospicio, a todo un internado.

La sigues, en mangas de camisa, pero al llegar al vestíbulo ya no la encuentras. La puerta de la recámara de la anciana se abre a tus espaldas: alcanzas a ver la mano que asoma detrás de la puerta apenas abierta, coloca esa porcelana en el vestíbulo y se retira, cerrando de nuevo.

En el comedor, encuentras tu desayuno servido: esta vez, sólo un cubierto. Comes rápidamente, regresas al vestíbulo, tocas a la puerta de la señora Consuelo. Esa voz débil y aguda te pide que entres. Nada habrá cambiado. La oscuridad permanente. El fulgor de las veladoras y los milagros de plata.

—Buenos días, señor Montero. ¿Durmió bien?

—Sí. Leí hasta tarde.

La dama agitará una mano, como si deseara alejarte.

—No, no, no. No me adelante su opinión. Trabaje sobre esos papeles y cuando termine le pasaré los demás.

—Está bien, señora. ¿Podría visitar el jardín?

—¿Cuál jardín, señor Montero?

—El que está detrás de mi cuarto.

—En esta casa no hay jardín. Perdimos el jardín cuando construyeron alrededor de la casa.

—Pensé que podría trabajar mejor al aire libre.

—En esta casa sólo hay ese patio oscuro por donde entró usted. Allí mi sobrina cultiva algunas plantas de sombra. Pero eso es todo.

—Está bien, señora.

—Deseo descansar todo el día. Pase a verme esta noche.

—Está bien, señora.

Revisas todo el día los papeles, pasando en limpio los párrafos que piensas retener, redactando de nuevo los que te parecen débiles, fumando cigarrillo tras cigarrillo y reflexionando que debes espaciar tu trabajo para que la canonjía se prolongue lo más posible. Si lograras ahorrar por lo menos doce mil pesos, podrías pasar cerca de un año dedicado a tu propia obra, aplazada, casi olvidada. Tu gran obra de conjunto sobre los descubrimientos y conquistas españolas en América. Una obra que resuma todas las crónicas dispersas, las haga inteligibles, encuentre las correspondencias entre todas las empresas y aventuras del siglo de oro, entre los prototipos humanos y el hecho mayor del Renacimiento. En realidad, terminas por abandonar los tediosos papeles del militar del Imperio para empezar la redacción de fichas y resúmenes de tu propia obra. El tiempo corre y sólo al escuchar de nuevo la campana consultas tu reloj, te pones el saco y bajas al comedor.

Aura ya estará sentada; esta vez la cabecera la ocupará la señora Llorente, envuelta en su chal y su camisón, tocada con su cofia, agachada sobre el plato. Pero el cuarto cubierto también está puesto. Lo notas de pasada; ya no te preocupa. Si el precio de tu futura libertad creadora es aceptar todas las manías de esta anciana, puedes pagarlo sin dificultad. Tratas, mientras la ves sorber la sopa, de calcular su edad. Hay un momento en el cual ya no es posible distinguir el paso de los años: la señora Consuelo, desde hace tiempo, pasó esa frontera. El general no la menciona en lo que llevas leído de las memorias. Pero si el general tenía cuarenta y dos años en el momento de la invasión francesa y murió en 1901, cuarenta años más tarde, habrá muerto de ochenta y dos años. Se habría casado con la señora Consuelo después de la derrota de Querétaro y el exilio, pero ella habría sido una niña entonces...

Las fechas se te confundirán, porque ya la señora está hablando, con ese murmullo agudo, leve, ese chirreo de pájaro; le está hablando a Aura y tú escuchas, atento a la comida, esa enumeración plana de quejas, dolores, sospechas de enfermedades, más quejas sobre el precio de las medicinas, la humedad de la casa. Quisieras intervenir en la conversación doméstica preguntando por el criado que recogió ayer tus cosas pero al que nunca has visto, el que nunca sirve la mesa: lo preguntarías si, de repente, no te sorprendiera que Aura, hasta ese momento, no hubiese abierto la boca y comiese con esa fatalidad mecánica, como si esperara un impulso ajeno a ella para tomar la cuchara, el cuchillo, partir los riñones —sientes en la boca, otra vez, esa dieta de riñones, por lo visto la preferida de la casa— y llevárselos a la boca. Miras rápidamente de la tía a la sobrina y de la sobrina a la tía, pero la señora Consuelo, en ese instante, detiene todo movimiento y, al mismo tiempo, Aura deja el cuchillo sobre el plato y permanece inmóvil y tú recuerdas que, una fracción de segundo antes, la señora Consuelo hizo lo mismo.

Permanecen varios minutos en silencio: tú terminando de comer, ellas inmóviles como estatuas, mirándote comer. Al cabo la señora dice:

—Me he fatigado. No debería comer en la mesa. Ven, Aura, acompáñame a la recámara.

La señora tratará de retener tu atención: te mirará de frente para que tú la mires, aunque sus palabras vayan dirigidas a la sobrina. Tú debes hacer un esfuerzo para desprenderte de esa mirada —otra vez abierta, clara, amarilla, despojada de los velos y arrugas que normalmente la cubren— y fijar la tuya en Aura, que a su vez mira fijamente hacia un punto perdido y mueve en silencio los labios, se levanta con actitudes similares a las que tú asocias con el sueño, toma de los brazos a la anciana jorobada y la conduce lentamente fuera del comedor.

Solo, te sirves el café que también ha estado allí desde el principio del almuerzo, el café frío que bebes a sorbos mientras frunces el ceño y te preguntas si la señora no poseerá una fuerza secreta sobre la muchacha, si la muchacha, tu hermosa Aura vestida de verde, no estará encerrada contra su voluntad en esta casa vieja, sombría. Le sería, sin embargo, tan fácil escapar mientras la anciana dormita en su cuarto oscuro. Y no pasas por alto el camino que se abre en tu imaginación: quizás Aura espera que tú la salves de las cadenas que, por alguna razón oculta, le ha impuesto esta vieja caprichosa y desequilibrada. Recuerdas a Aura minutos antes, inanimada, embrutecida por el terror: incapaz de hablar enfrente de la tirana, moviendo los labios en silencio, como si en silencio te implorara su libertad, prisionera al grado de imitar todos los movimientos de la señora Consuelo, como si sólo lo que hiciera la vieja le fuese permitido a la joven.

La imagen de esta enajenación total te rebela: caminas, esta vez, hacia la otra puerta, la que da sobre el vestíbulo al pie de la escalera, la que está al lado de la recámara de la anciana: allí debe vivir Aura; no hay otra pieza en la casa. Empujas la puerta y entras a esa recámara, también oscura, de paredes enjalbegadas, donde el único adorno es un Cristo negro. A la izquierda, ves esa puerta que debe conducir a la recámara de la viuda. Caminando de puntas, te acercas a ella, colocas la mano sobre la madera, desistes de tu empeño: debes hablar con Aura a solas.

Y si Aura quiere que la ayudes, ella vendrá a tu cuarto. Permaneces allí, olvidado de los papeles amarillos, de tus propias cuartillas anotadas, pensando sólo en la belleza inasible de tu Aura —mientras más pienses en ella, más tuya la harás, no sólo porque piensas en su belleza y la deseas, sino porque ahora la deseas para liberarla: habrás encontrado una razón moral para tu deseo; te sentirás inocente y satisfecho— y cuando vuelves a escuchar la precaución de la campana, no bajas a cenar porque no soportarías otra escena como la del mediodía. Quizás Aura se dará cuenta y, después de la cena, subirá a buscarte.

Realizas un esfuerzo para seguir revisando los papeles. Cansado, te desvistes lentamente, caes en el lecho, te duermes pronto y por primera vez en muchos años sueñas, sueñas una sola cosa, sueñas esa mano descarnada que avanza hacia ti con la campana en la mano, gritando que te alejes, que se alejen todos, y cuando el rostro de ojos vaciados se acerca al tuyo, despiertas con un grito mudo, sudando, y sientes esas manos que acarician tu rostro y tu pelo, esos labios que murmuran con la voz más baja, te consuelan, te piden calma y cariño. Alargas tus propias manos para encontrar el otro cuerpo, desnudo, que entonces agitará levemente el llavín que tú reconoces, y con él a la mujer que se recuesta encima de ti, te besa, te recorre el cuerpo entero con besos. No puedes verla en la oscuridad de la noche sin estrellas, pero hueles en su pelo el perfume de las plantas del patio, sientes en sus brazos la piel más suave y ansiosa, tocas en sus senos la flor entrelazada de las venas sensibles, vuelves a besarla y no le pides palabras.

Al separarte, agotado, de su abrazo, escuchas su primer murmullo: "Eres mi esposo". Tú asientes: ella te dirá que amanece; se despedirá diciendo que te espera esa noche en su recámara. Tú vuelves a asentir, antes de caer dormido, aliviado, ligero, vaciado de placer, reteniendo en las yemas de los dedos el cuerpo de Aura, su temblor, su entrega: la niña Aura.

Te cuesta trabajo despertar. Los nudillos tocan varias veces y te levantas de la cama pesadamente, gruñendo: Aura, del otro lado de la puerta, te dirá que no abras: la señora Consuelo quiere hablar contigo; te espera en su recámara.

Entras diez minutos después al santuario de la viuda. Arropada, parapetada contra los almohadones de encaje: te acercas a la figura inmóvil, a sus ojos cerrados detrás de los párpados colgantes, arrugados, blanquecinos: ves esas arrugas abolsadas de los pómulos, ese cansancio total de la piel.

Sin abrir los ojos, te dirá:

—¿Trae usted la llave?

—Sí… Creo que sí. Sí, aquí está.

—Puede leer el segundo folio. En el mismo lugar, con la cinta azul.

Caminas, esta vez con asco, hacia ese arcón alrededor del cual pululan las ratas, asoman sus ojillos brillantes entre las tablas podridas del piso, corretean hacia los hoyos abiertos en el muro escarapelado. Abres el arcón y retiras la segunda colección de papeles. Regresas al pie de la cama; la señora Consuelo acaricia a su conejo blanco.

De la garganta abotonada de la anciana surgirá ese cacareo sordo:

—¿No le gustan los animales?

—No. No particularmente. Quizás porque nunca he tenido uno.

—Son buenos amigos, buenos compañeros. Sobre todo cuando llegan la vejez y la soledad.

—Sí. Así debe ser.

—Son seres naturales, señor Montero. Seres sin tentaciones.

—¿Cómo dijo que se llamaba?

—¿La coneja? Saga. Sabia. Sigue sus instintos. Es natural y libre.

—Creí que era conejo.

—Ah, usted no sabe distinguir todavía.

—Bueno, lo importante es que no se sienta usted sola.

—Quieren que estemos solas, señor Montero, porque dicen que la soledad es necesaria para alcanzar la santidad. Se han olvidado de que en la soledad la tentación es más grande.

—No la entiendo, señora.

—Ah, mejor, mejor. Puede usted seguir trabajando.

Le das la espalda. Caminas hacia la puerta. Sales de la recámara. En el vestíbulo, aprietas los dientes. ¿Por qué no tienes el valor de decirle que amas a la joven? ¿Por qué no entras y le dices, de una vez, que piensas llevarte a Aura contigo cuando termines el trabajo? Avanzas de nuevo hacia la puerta; la empujas, dudando aún, y por el resquicio ves a la señora Consuelo de pie, erguida, transformada, con esa túnica entre los brazos: esa túnica azul con botones de oro, charreteras rojas, brillantes insignias de águila coronada, esa túnica que la anciana mordisquea ferozmente, besa con ternura, se coloca sobre los hombros para girar en un paso de danza tambaleante. Cierras la puerta.

Sí: *tenía quince años cuando la conocí* —lees en el segundo folio de las memorias—: *elle avait quinze ans lorsque je l'ai connue et, si j'ose le dire, ce sont ses yeux verts qui ont fait ma perdition*: los ojos verdes de Consuelo, que tenía quince años en 1867, cuando el general Llorente casó con ella y la llevó a vivir a París, al exilio. *Ma jeune poupée*, escribió el general en sus momentos de inspiración, *ma jeune poupée aux yeux verts; je t'ai comblée d'amour*: describió la casa en la que vivieron, los paseos, los bailes, los carruajes, el mundo del Segundo Imperio; sin gran relieve, ciertamente. *J'ai même supporté ta haine des chats, moi qu'aimais tellement les jolies bêtes...* Un día la encontró, abierta de piernas, con la crinolina levantada por delante, martirizando a un gato y no supo llamarle la atención porque le pareció que *tu faisais ça d'une façon si innocent, par pur enfantillage* e incluso lo excitó el hecho, de manera que esa noche la amó, si le das crédito a tu lectura, con una pasión hiperbólica, *parce que tu m'avais dit que torturer les chats était ta manière a toi de rendre notre amour favorable, par un sacrifice symbolique...* Habrás calculado: la señora Consuelo tendrá hoy ciento nueve años... cierras el folio. Cuarenta y nueve al morir su esposo, *Tu sais si bien t'habiller, ma douce Consuelo, toujours drappé dans des velours verts, verts comme tes yeux. Je pense que tu seras toujours belle, même dans cent ans...* Siempre vestida de verde. Siempre hermosa, incluso dentro de cien años. *Tu es si fière de ta beauté; que ne ferais-tu pas pour rester toujours jeune?*

IV

Sabes, al cerrar de nuevo el folio, que por eso vive Aura en esta casa: para perpetuar la ilusión de juventud y belleza de la pobre anciana enloquecida. Aura, encerrada como un espejo, como un icono más de ese muro religioso, cuajado de milagros, corazones preservados, demonios y santos imaginados.

Arrojas los papeles a un lado y desciendes, sospechando el único lugar donde Aura podrá estar en las mañanas: el lugar que le habrá asignado esta vieja avara.

La encuentras en la cocina, sí, en el momento en que degüella un macho cabrío: el vapor que surge del cuello abierto, el olor de sangre derramada, los ojos duros y abiertos del animal te dan náuseas: detrás de esa imagen, se pierde la de una Aura mal vestida, con el pelo revuelto, manchada de sangre, que te mira sin reconocerte, que continúa su labor de carnicero.

Le das la espalda: esta vez, hablarás con la anciana, le echarás en cara su codicia, su tiranía abominable. Abres de un empujón la puerta y la ves, detrás del velo de luces, de pie, cumpliendo su oficio de aire: la ves con las manos en movimiento, extendidas en el aire: una mano extendida y apretada, como si realizara un esfuerzo para detener algo, la otra apretada en torno a un objeto de aire, clavada una y otra vez en el mismo lugar. En seguida, la vieja se restregará las manos contra el pecho, suspirará, volverá a cortar en el aire, como si —sí, lo verás claramente: como si despellejara una bestia…

Corres al vestíbulo, la sala, el comedor, la cocina donde Aura despelleja al chivo lentamente, absorta en su trabajo, sin escuchar tu entrada ni tus palabras, mirándote como si fueras de aire.

Subes lentamente a tu recámara, entras, te arrojas contra la puerta como si temieras que alguien te siguiera: jadeante, sudoroso, presa de la impotencia de tu espina helada, de tu certeza: si algo o alguien entrara, no podrías resistir, te alejarías de la puerta, lo dejarías hacer. Tomas febrilmente la butaca, la colocas contra esa puerta sin cerradura, empujas la cama hacia la puerta, hasta atrancarla, y te arrojas exhausto sobre ella, exhausto y abúlico, con los ojos cerrados y los brazos apretados alrededor de tu almohada: tu almohada que no es tuya; nada es tuyo...

Caes en ese sopor, caes hasta el fondo de ese sueño que es tu única salida, tu única negativa a la locura. "Está loca, está loca", te repites para adormecerte, repitiendo con las palabras la imagen de la anciana que en el aire despellejaba al cabrío de aire con su cuchillo de aire: "...está loca...",

en el fondo del abismo oscuro, en tu sueño silencioso, de bocas abiertas, en silencio, la verás avanzar hacia ti, desde el fondo negro del abismo, la verás avanzar a gatas.

En silencio,

moviendo su mano descarnada, avanzando hacia ti hasta que su rostro se pegue al tuyo y veas esas encías sangrantes de la vieja, esas encías sin dientes y grites y ella vuelva a alejarse, moviendo su mano, sembrando a lo largo del abismo los dientes amarillos que va sacando del delantal manchado de sangre:

tu grito es el eco del grito de Aura, delante de ti en el sueño, Aura que grita porque unas manos han rasgado por la mitad su falda de tafeta verde, y

esa cabeza tonsurada,

con los pliegues rotos de la falda entre las manos, se voltea hacia ti y ríe en silencio, con los dientes de la vieja superpuestos a los suyos, mientras las piernas de Aura, sus piernas desnudas, caen rotas y vuelan hacia el abismo…

Escuchas el golpe sobre la puerta, la campana detrás del golpe, la campana de la cena. El dolor de cabeza te impide leer los números, la posición de las manecillas del reloj; sabes que es tarde: frente a tu cabeza recostada, pasan las nubes de la noche detrás del tragaluz. Te incorporas penosamente, aturdido, hambriento. Colocas el garrafón de vidrio bajo el grifo de la tina, esperas a que el agua corra, llene el garrafón que tú retiras y vacías en el aguamanil donde te lavas la cara, los dientes con tu brocha vieja embarrada de pasta verdosa, te rocías el pelo —sin advertir que debías haber hecho todo esto a la inversa—, te peinas cuidadosamente frente al espejo ovalado del armario de nogal, anudas la corbata, te pones el saco y desciendes a un comedor vacío, donde sólo ha sido colocado un cubierto: el tuyo.

Y al lado de tu plato, debajo de la servilleta, ese objeto que rozas con los dedos, esa muñequita endeble, de trapo, rellena de una harina que se escapa por el hombro mal cosido: el rostro pintado con tinta china, el cuerpo desnudo, detallado con escasos pincelazos. Comes tu cena fría —riñones, tomates, vino— con la mano derecha: detienes la muñeca entre los dedos de la izquierda.

Comes mecánicamente, con la muñeca en la mano izquierda y el tenedor en la otra, sin darte cuenta, al principio, de tu propia actitud hipnótica, entreviendo, después, una razón en tu siesta opresiva, en tu pesadilla, identificando, al fin, tus movimientos de sonámbulo con los de Aura, con los de la anciana: mirando con asco esa muñequita horrorosa que tus dedos acarician, en la que empiezas a sospechar una enfermedad secreta, un contagio. La dejas caer al suelo. Te limpias los labios con la servilleta. Consultas tu reloj y recuerdas que Aura te ha citado en su recámara.

Te acercas cautelosamente a la puerta de doña Consuelo y no escuchas un solo ruido. Consultas de nuevo tu reloj: apenas son las nueve. Decides bajar, a tientas, a ese patio techado, sin luz, que no has vuelto a visitar desde que lo cruzaste, sin verlo, el día de tu llegada a esta casa.

Tocas las paredes húmedas, lamosas; aspiras el aire perfumado y quieres descomponer los elementos de tu olfato, reconocer los aromas pesados, suntuosos, que te rodean. El fósforo encendido ilumina, parpadeando, ese patio estrecho y húmedo, embaldosado, en el cual crecen, de cada lado, las plantas sembradas sobre los márgenes de tierra rojiza y suelta. Distingues las formas altas, ramosas, que proyectan sus sombras a la luz del cerillo que se consume, te quema los dedos, te obliga a encender uno nuevo para terminar de reconocer las flores, los frutos, los tallos que recuerdas mencionados en crónicas viejas: las hierbas olvidadas que crecen olorosas, adormiladas: las hojas anchas, largas, hendidas, vellosas del beleño: el tallo sarmentado de flores amarillas por fuera, rojas por dentro; las hojas acorazonadas y agudas de la dulcamara; la pelusa cenicienta del gordolobo, sus flores espigadas; el arbusto ramoso del evónimo y las flores blanquecinas; la belladona. Cobran vida a la luz de tu fósforo, se mecen con sus sombras mientras tú recreas los usos de este herbario que dilata las pupilas, adormece el dolor, alivia los partos, consuela, fatiga la voluntad, consuela con una calma voluptuosa.

Te quedas solo con los perfumes cuando el tercer fósforo se apaga. Subes con pasos lentos al vestíbulo, vuelves a pegar el oído a la puerta de la señora Consuelo, sigues, sobre las puntas de los pies, a la de Aura: la empujas, sin dar aviso, y entras a esa recámara desnuda, donde un círculo de luz ilumina la cama, el gran crucifijo mexicano, la mujer que avanzará hacia ti cuando la puerta se cierre.

Aura vestida de verde, con esa bata de tafeta por donde asoman, al avanzar hacia ti la mujer, los muslos color de luna: la mujer, repetirás al tenerla cerca, la mujer, no la muchacha de ayer: la muchacha de ayer —cuando toques sus dedos, su talle— no podía tener más de veinte años; la mujer de hoy —y acaricias su pelo negro, suelto, su mejilla pálida— parece de cuarenta: algo se ha endurecido, entre ayer y hoy, alrededor de los ojos verdes; el rojo de los labios se ha oscurecido fuera de su forma antigua, como si quisiera fijarse en una mueca alegre, en una sonrisa turbia: como si alternara, a semejanza de esa planta del patio, el sabor de la miel y el de la amargura. No tienes tiempo de pensar más:

—Siéntate en la cama, Felipe.

—Sí.

—Vamos a jugar. Tú no hagas nada. Déjame hacerlo todo a mí.

Sentado en la cama, tratas de distinguir el origen de esa luz difusa, opalina, que apenas te permite separar los objetos, la presencia de Aura, de la atmósfera dorada que los envuelve. Ella te habrá visto mirando hacia arriba, buscando ese origen. Por la voz, sabes que está arrodillada frente a ti:

—El cielo no es alto ni bajo. Está encima y debajo de nosotros al mismo tiempo.

Te quitará los zapatos, los calcetines, y acariciará tus pies desnudos.

Tú sientes el agua tibia que baña tus plantas, las alivia, mientras ella te lava con una tela gruesa, dirige miradas furtivas al Cristo de madera negra, se aparta por fin de tus pies, te toma de la mano, se prende unos capullos de violeta al pelo suelto, te toma entre los brazos y canturrea esa melodía, ese vals que tú bailas con ella, prendido al susurro de su voz, girando al ritmo lentísimo, solemne, que ella te impone, ajeno a los movimientos ligeros de sus manos, que te desabotonan la camisa, te acarician el pecho, buscan tu espalda, se clavan en ella. También tú murmuras esa canción sin letra, esa melodía que surge naturalmente de tu garganta: giran los dos, cada vez más cerca del lecho; tú sofocas la canción murmurada con tus besos hambrientos sobre la boca de Aura, arrestas la danza con tus besos apresurados sobre los hombros, los pechos de Aura.

Tienes la bata vacía entre las manos. Aura, de cuclillas sobre la cama, coloca ese objeto contra los muslos cerrados, lo acaricia, te llama con la mano. Acaricia ese trozo de harina delgada, lo quiebra sobre sus muslos, indiferentes a las migajas que ruedan por sus caderas: te ofrece la mitad de la oblea que tú tomas, llevas a la boca al mismo tiempo que ella, deglutes con dificultad: caes sobre el cuerpo desnudo de Aura, sobre sus brazos abiertos, extendidos de un extremo al otro de la cama, igual que el Cristo negro que cuelga del muro con su faldón de seda escarlata, sus rodillas abiertas, su costado herido, su corona de brezos montada sobre la peluca negra, enmarañada, entreverada con lentejuela de plata. Aura se abrirá como un altar.

Murmuras el nombre de Aura al oído de Aura. Sientes los brazos llenos de la mujer contra tu espalda. Escuchas su voz tibia en tu oreja:

—¿Me querrás siempre?

—Siempre, Aura, te amaré para siempre.

—¿Siempre? ¿Me lo juras?

—Te lo juro.

—¿Aunque envejezca? ¿Aunque pierda mi belleza? ¿Aunque tenga el pelo blanco?

—Siempre, mi amor, siempre.

—¿Aunque muera, Felipe? ¿Me amarás siempre, aunque muera?

—Siempre, siempre. Te lo juro. Nada puede separarme de ti.

—Ven, Felipe, ven…

Buscas, al despertar, la espalda de Aura y sólo tocas esa almohada, caliente aún, y las sábanas blancas que te envuelven.

Murmuras de nuevo su nombre.

Abres los ojos: la ves sonriendo, de pie, al pie de la cama, pero sin mirarte a ti. La ves caminar lentamente hacia ese rincón de la recámara, sentarse en el suelo, colocar los brazos sobre las rodillas negras que emergen de la oscuridad que tú tratas de penetrar, acariciar la mano arrugada que se adelanta del fondo de la oscuridad cada vez más clara: a los pies de la anciana señora Consuelo, que está sentada en ese sillón que tú notas por primera vez: la señora Consuelo que te sonríe, cabeceando, que te sonríe junto con Aura que mueve la cabeza al mismo tiempo que la vieja: las dos te sonríen, te agradecen. Recostado, sin voluntad, piensas que la vieja ha estado todo el tiempo en la recámara;

recuerdas sus movimientos, su voz, su danza,

por más que te digas que no ha estado allí.

Las dos se levantarán a un tiempo, Consuelo de la silla, Aura del piso. Las dos te darán la espalda, caminarán pausadamente hacia la puerta que comunica con la recámara de la anciana, pasarán juntas al cuarto donde tiemblan las luces colocadas frente a las imágenes, cerrarán la puerta detrás de ellas, te dejarán dormir en la cama de Aura.

V

Duermes cansado, insatisfecho. Ya en el sueño sentiste esa vaga melancolía, esa opresión en el diafragma, esa tristeza que no se deja apresar por tu imaginación. Dueño de la recámara de Aura, duermes en la soledad, lejos del cuerpo que creerás haber poseído.

Al despertar, buscas otra presencia en el cuarto y sabes que no es la de Aura la que te inquieta, sino la doble presencia de algo que fue engendrado la noche pasada. Te llevas las manos a las sienes, tratando de calmar tus sentidos en desarreglo: esa tristeza vencida te insinúa, en voz baja, en el recuerdo inasible de la premonición, que buscas tu otra mitad, que la concepción estéril de la noche pasada engendró tu propio doble.

Y ya no piensas, porque existen cosas más fuertes que la imaginación: la costumbre que te obliga a levantarte, buscar un baño anexo a esa recámara, no encontrarlo, salir restregándote los párpados, subir al segundo piso saboreando la acidez pastosa de la lengua, entrar a tu recámara acariciándote las mejillas de cerdas revueltas, dejar correr las llaves de la tina e introducirte en el agua tibia, dejarte ir, no pensar más.

Y cuando te estés secando, recordarás a la vieja y a la joven que te sonrieron, abrazadas, antes de salir juntas, abrazadas: te repites que siempre, cuando están juntas, hacen exactamente lo mismo: se abrazan, sonríen, comen, hablan, entran, salen, al mismo tiempo, como si una imitara a la otra, como si de la voluntad de una dependiese la existencia de la otra. Te cortas ligeramente la mejilla, pensando estas cosas mientras te afeitas; haces un esfuerzo para dominarte. Terminas tu aseo contando los objetos del botiquín, los frascos y tubos que trajo de la casa de huéspedes el criado al que nunca has visto: murmuras los nombres de esos objetos, los tocas, lees las indicaciones de uso y contenido, pronuncias la marca de fábrica, prendido a esos objetos para olvidar lo otro, lo otro sin nombre, sin marca, sin consistencia racional. ¿Qué espera de ti Aura? acabas por preguntarte, cerrando de un golpe el botiquín. ¿Qué quiere?

Te contesta el ritmo sordo de esa campana que se pasea a lo largo del corredor, advirtiéndote que el desayuno está listo. Caminas, con el pecho desnudo, a la puerta: al abrirla, encuentras a Aura: será Aura, porque viste la tafeta verde de siempre, aunque un velo verdoso oculte sus facciones. Tomas con la mano la muñeca de la mujer, esa muñeca delgada, que tiembla...

—El desayuno está listo... —te dirá con la voz más baja que has escuchado...

—Aura. Basta ya de engaños.

—¿Engaños?

—Dime si la señora Consuelo te impide salir, hacer tu vida; ¿por qué ha de estar presente cuando tú y yo...?; dime que te irás conmigo en cuanto...

—¿Irnos? ¿A dónde?

—Afuera, al mundo. A vivir juntos. No puedes sentirte encadenada para siempre a tu tía... ¿Por qué esa devoción? ¿Tanto la quieres?

—Quererla...

—Sí; ¿por qué te has de sacrificar así?

—¿Quererla? Ella me quiere a mí. Ella se sacrifica por mí.

—Pero es una mujer vieja, casi un cadáver; tú no puedes...

—Ella tiene más vida que yo. Sí, es vieja, es repulsiva... Felipe, no quiero volver... no quiero ser como ella... otra...

—Trata de enterrarte en vida. Tienes que renacer, Aura...

—Hay que morir antes de renacer... No. No entiendes. Olvida, Felipe; tenme confianza.

—Si me explicaras...

—Tenme confianza. Ella va a salir hoy todo el día...

—¿Ella?

—Sí, la otra.

—¿Va a salir? Pero si nunca...

—Sí, a veces sale. Hace un gran esfuerzo y sale. Hoy va a salir. Todo el día... Tú y yo podemos...

—¿Irnos?

—Si quieres...

—No, quizás todavía no. Estoy contratado para un trabajo... Cuando termine el trabajo, entonces sí...

—Ah, sí. Ella va a salir todo el día. Podemos hacer algo...

—¿Qué?

—Te espero esta noche en la recámara de mi tía. Te espero como siempre.

Te dará la espalda, se irá tocando esa campana, como los leprosos que con ella pregonan su cercanía, advierten a los incautos: "Aléjate, aléjate". Tú te pones la camisa y el saco, sigues el ruido espaciado de la campana que se dirige, enfrente de ti, hacia el comedor; dejas de escucharlo al entrar a la sala: viene hacia ti, jorobada, sostenida por un báculo nudoso, la viuda de Llorente, que sale del comedor, pequeña, arrugada, vestida con ese traje blanco, ese velo de gasa teñida, rasgada, pasa a tu lado sin mirarte, sonándose con un pañuelo, sonándose y escupiendo continuamente, murmurando:

—Hoy no estaré en la casa, señor Montero. Confío en su trabajo. Adelante usted. Las memorias de mi esposo deben ser publicadas.

Se alejará, pisando los tapetes con sus pequeños pies de muñeca antigua, apoyada en ese bastón, escupiendo, estornudando como si quisiera expulsar algo de sus vías respiratorias, de sus pulmones congestionados. Tú tienes la voluntad de no seguirla con la mirada; dominas la curiosidad que sientes ante ese traje de novia amarillento, extraído del fondo del viejo baúl que está en la recámara...

Apenas pruebas el café negro y frío que te espera en el comedor. Permaneces una hora sentado en la vieja y alta silla ojival, fumando, esperando los ruidos que nunca llegan, hasta tener la seguridad de que la anciana ha salido de la casa y no podrá sorprenderte. Porque en el puño, apretada, tienes desde hace una hora la llave del arcón y ahora te diriges, sin hacer ruido, a la sala, al vestíbulo donde esperas quince minutos más —tu reloj te lo dirá—

con el oído pegado a la puerta de doña Consuelo, la puerta que en seguida empujas levemente, hasta distinguir, detrás de la red de araña de esas luces devotas, la cama vacía, revuelta, sobre la que la coneja roe sus zanahorias crudas: la cama siempre rociada de migajas que ahora tocas, como si creyeras que la pequeñísima anciana pudiese estar escondida entre los pliegues de las sábanas.

Caminas hasta el baúl colocado en el rincón; pisas la cola de una de esas ratas que chilla, se escapa de la opresión de tu suela, corre a dar aviso a las demás ratas cuando tu mano acerca la llave de cobre a la chapa pesada, enmohecida, que rechina cuando introduces la llave, apartas el candado, levantas la tapa y escuchas el ruido de los goznes enmohecidos. Sustraes el tercer folio —cinta roja— de las memorias y al levantarlo encuentras esas fotografías viejas, duras, comidas de los bordes, que también tomas, sin verlas, apretando todo el tesoro contra tu pecho, huyendo sigilosamente, sin cerrar siquiera el baúl, olvidando el hambre de las ratas, para traspasar el umbral, cerrar la puerta, recargarte contra la pared del vestíbulo, respirar normalmente, subir a tu cuarto.

Allí leerás los nuevos papeles, la continuación, las fechas de un siglo en agonía. El general Llorente habla con su lenguaje más florido de la personalidad de Eugenia de Montijo, vierte todo su respeto hacia la figura de

Napoleón el Pequeño, exhuma su retórica más marcial para anunciar la guerra franco-prusiana, llena páginas de dolor ante la derrota, arenga a los hombres de honor contra el monstruo republicano, ve en el general Boulanger un rayo de esperanza, suspira por México, siente que en el caso Dreyfus el honor —siempre el honor— del ejército ha vuelto a imponerse… Las hojas amarillas se quiebran bajo tu tacto; ya no las respetas, ya sólo buscas la nueva aparición de la mujer de ojos verdes: "Sé por qué lloras a veces, Consuelo. No te he podido dar hijos, a ti, que irradias la vida…" Y después: "Consuelo, no tientes a Dios. Debemos conformarnos. ¿No te basta mi cariño? Yo sé que me amas; lo siento. No te pido conformidad, porque ello sería ofenderte. Te pido, tan sólo, que veas en ese gran amor que dices tenerme algo suficiente, algo que pueda llenarnos a los dos sin necesidad de recurrir a la imaginación enfermiza…" Y en otra página: "Le advertí a Consuelo que esos brebajes no sirven para nada. Ella insiste en cultivar sus propias plantas en el jardín. Dice que no se engaña. Las hierbas no la fertilizarán en el cuerpo, pero sí en el alma…" Más tarde: "La encontré delirante, abrazada a la almohada. Gritaba: "Sí, sí, sí, he podido: la he encarnado; puedo convocarla, puedo darle vida con mi vida". Tuve que llamar al médico. Me dijo que no podría calmarla, precisamente porque ella estaba bajo el efecto de narcóticos, no de excitantes…" Y al fin: "Hoy la descubrí, en la madrugada, caminando sola y descalza a lo largo de los pasillos. Quise detenerla. Pasó sin mirarme, pero sus palabras iban dirigidas a mí. 'No me detengas —dijo—; voy hacia mi juventud, mi juventud viene hacia mí. Entra ya, está en el jardín, ya llega'… Consuelo, pobre Consuelo… Consuelo, también el demonio fue un ángel, antes…"

No habrá más. Allí terminan las memorias del general Llorente: *Consuelo, le démon aussi était un ange, avant…*

Y detrás de la última hoja, los retratos. El retrato de ese caballero anciano, vestido de militar: la vieja fotografía con las letras en una esquina: *Moulin, Photographe, 35 Boulevard Haussmann* y la fecha 1894. Y la fotografía de Aura: de Aura con sus ojos verdes, su pelo negro recogido en bucles, reclinada sobre esa columna dórica, con el paisaje pintado al fondo: el paisaje de Lorelei en el Rin, el traje abotonado hasta el cuello, el pañuelo en una mano, el polisón: Aura y la fecha 1876, escrita con tinta blanca y detrás, sobre el cartón doblado del daguerrotipo, esa letra de araña: *Fait pour notre dixième anniversaire de mariage* y la firma, con la misma letra, *Consuelo Llorente.* Verás, en la tercera foto, a Aura en compañía del viejo, ahora vestido de paisano, sentados ambos en una banca, en un jardín. La foto se ha borrado un poco: Aura no se verá tan joven como en la primera fotografía, pero es ella, es él, es… eres tú.

Pegas esas fotografías a tus ojos, las levantas hacia el tragaluz: tapas con una mano la barba blanca del general Llorente, lo imaginas con el pelo negro y siempre te encuentras, borrado, perdido, olvidado, pero tú, tú, tú.

La cabeza te da vueltas, inundada por el ritmo de ese vals lejano que suple la vista, el tacto, el olor de plantas húmedas y perfumadas: caes agotado sobre la cama, te tocas los pómulos, los ojos, la nariz, como si temieras que una mano invisible te hubiese arrancado la máscara que has llevado durante veintisiete años: esas facciones de goma y cartón que durante un cuarto de siglo han cubierto tu verdadera faz, tu rostro antiguo, el que tuviste antes y habías olvidado. Escondes la cara en la almohada, tratando de impedir que el aire te arranque las facciones que son tuyas, que quieres para ti. Permaneces con la cara hundida en la almohada, con los ojos abiertos detrás de la almohada, esperando lo que ha de venir, lo que no podrás impedir. No volverás a mirar tu reloj, ese objeto inservible que mide falsamente un tiempo acordado a la vanidad humana, esas manecillas que marcan tediosamente las largas horas inventadas para engañar el verdadero tiempo, el tiempo que corre con la velocidad insultante, mortal, que ningún reloj puede medir. Una vida, un siglo, cincuenta años: ya no te será posible imaginar esas medidas mentirosas, ya no te será posible tomar entre las manos ese polvo sin cuerpo.

Cuando te separes de la almohada, encontrarás una oscuridad mayor alrededor de ti. Habrá caído la noche.

Habrá caído la noche. Correrán, detrás de los vidrios altos, las nubes negras, veloces, que rasgan la luz opaca que se empeña en evaporarlas y asomar su redondez pálida y sonriente. Se asomará la luna, antes de que el vapor oscuro vuelva a empañarla.

Tú ya no esperarás. Ya no consultarás tu reloj. Descenderás rápidamente los peldaños que te alejan de esa celda donde habrán quedado regados los viejos papeles, los daguerrotipos desteñidos; descenderás al pasillo, te detendrás frente a la puerta de la señora Consuelo, escucharás tu propia voz, sorda, transformada después de tantas horas de silencio:

—Aura...

Repetirás: —Aura...

Entrarás a la recámara. Las luces de las veladoras se habrán extinguido. Recordarás que la vieja ha estado ausente todo el día y que la cera se habrá consumido, sin la atención de esa mujer devota. Avanzarás en la oscuridad, hacia la cama. Repetirás:

—Aura...

Y escucharás el leve crujido de la tafeta sobre los edredones, la segunda respiración que acompaña la tuya: alargarás la mano para tocar la bata verde de Aura; escucharás la voz de Aura:

—No… no me toques… Acuéstate a mi lado…

Tocarás el filo de la cama, levantarás las piernas y permanecerás inmóvil, recostado. No podrás evitar un temblor:

—Ella puede regresar en cualquier momento…

—Ella ya no regresará.

—¿Nunca?

—Estoy agotada. Ella ya se agotó. Nunca he podido mantenerla a mi lado más de tres días.

—Aura…

Querrás acercar tu mano a los senos de Aura. Ella te dará la espalda: lo sabrás por la nueva distancia de su voz.

—No… No me toques…

—Aura… te amo.

—Sí, me amas. Me amarás siempre, dijiste ayer…

—Te amaré siempre. No puedo vivir sin tus besos, sin tu cuerpo…

—Bésame el rostro; sólo el rostro.

Acercarás tus labios a la cabeza reclinada junto a la tuya, acariciarás otra vez el pelo largo de Aura: tomarás violentamente a la mujer endeble por los hombros, sin escuchar su queja aguda; le arrancarás la bata de tafeta, la abrazarás, la sentirás desnuda, pequeña y perdida en tu abrazo, sin fuerzas, no harás caso de su resistencia gemida, de su llanto impotente, besarás la piel del rostro sin

pensar, sin distinguir: tocarás esos senos fláci-
dos cuando la luz penetre suavemente y te
sorprenda, te obligue a apartar la cara, buscar
la rendija del muro por donde comienza a
entrar la luz de la luna, ese resquicio abierto
por los ratones, ese ojo de la pared que deja
filtrar la luz plateada que cae sobre el pelo
blanco de Aura, sobre el rostro desgajado,
compuesto de capas de cebolla, pálido, seco y
arrugado como una ciruela cocida: apartarás
tus labios de los labios sin carne que has estado besando, de las encías sin dientes que se
abren ante ti: verás bajo la luz de la luna el
cuerpo desnudo de la vieja, de la señora Consuelo, flojo, rasgado, pequeño y antiguo, temblando ligeramente porque tú lo tocas, tú lo
amas, tú has regresado también...

Hundirás tu cabeza, tus ojos abiertos,
en el pelo plateado de Consuelo, la mujer que
volverá a abrazarte cuando la luna pase, tea
tapada por las nubes, los oculte a ambos, se
lleve en el aire, por algún tiempo, la memoria
de la juventud, la memoria encarnada.

—Volverá, Felipe, la traeremos juntos.
Deja que recupere fuerzas y la haré regresar...

Índice

Cuentos sobrenaturales se terminó de imprimir en septiembre de 2007 EDAMSA Impresiones S.A. de C.V., Av. Hidalgo (antes Catarroja) 111, Col. Fraccionamiento San Nicolás Tolentino, Delegación Iztapalapa, C.P. 09850, México, D.F. Composición tipográfica: Miguel Ángel Muñoz. Cuidado de la edición: Ramón Córdoba. Corrección: Rafael Serrano, Lilia Granados y Mayra González.